A PALE VIEW OF HILLS
远山淡影

〔英〕石黑一雄——著 张晓意——译

KAZUO
ISHIGURO

上海译文出版社

Kazuo Ishiguro
A PALE VIEW OF HILLS
Copyright © Kazuo Ishiguro, 1982
This edition arranged with ROGERS, COLERIDGE & WHITE LTD (RCW) through BIG APPLE AGENCY, LABUAN, MALAYSIA.
Simplified Chinese edition copyright:
2023 SHANGHAI TRANSLATION PUBLISHING HOUSE (STPH)
All rights reserved.

图字：09-2009-401号

图书在版编目（CIP）数据

远山淡影 /（英）石黑一雄著；张晓意译. — 上海：上海译文出版社, 2023.10（2025.2重印）
（彩虹布面石黑一雄作品）
书名原文：A Pale View of Hills
ISBN 978-7-5327-9425-6

Ⅰ.①远… Ⅱ.①石…②张… Ⅲ.①中篇小说—英国—现代 Ⅳ.①I561.45

中国国家版本馆CIP数据核字（2023）第164129号

远山淡影
［英］石黑一雄　著　张晓意　译
总策划 / 冯涛　责任编辑 / 管舒宁　装帧设计 / 张志全工作室

上海译文出版社有限公司出版、发行
网址：www.yiwen.com.cn
201101　上海市闵行区号景路159弄B座
南京爱德印刷有限公司印刷

开本 889×1194　1/32　印张 7.75　插页 6　字数 101,000
2023年11月第1版　2025年2月第3次印刷
印数：14,001—20,000册

ISBN 978-7-5327-9425-6
定价：68.00元

本书中文简体字专有出版权归本社独家所有，非经本社同意不得转载、摘编或复制
如有质量问题，请与承印厂质量科联系。T: 025-57928003

第一部

第一章

我们最终给小女儿取名叫妮基。这不是缩写,这是我和她父亲达成的妥协。真奇怪,是他想取一个日本名字,而我——或许是出于不愿想起过去的私心——反而坚持要英文名。他最终同意妮基这个名字,觉得还是有点东方的味道在里头。

妮基今年早些时候来看过我,四月的时候,那时天还很冷,细雨绵绵。也许她本打算多待几天,我不知道。但我住的乡下房子和房子里的安静让她不安,没多久,我就看出来她急着想回伦敦自己的生活中去。她不耐烦地听着我的古典唱片,随意地翻着一本本杂志。经常有她的电话,她大踏步走过地毯,瘦瘦的身材挤在紧紧的衣服里,小心地关上身后的门,不让我听到她的谈话。五天后她离开。

直到来的第二天她才提起景子。那是一个灰暗的、刮着风的早晨,我们把沙发挪近窗户,看雨水落在花园里。

"你指望过我去吗?"她问。"我是说葬礼。"

"不,没有。我知道你不会来。"

"我真的很难过,听到她的死讯。我差点就来了。"

"我从不指望你会来。"

"别人不知道我到底是怎么了,"她说,"我没有告诉任何人。我想我那时觉得很丢脸。别人不会真的理解的,他们不可能理解我的感受。姐妹之间应该是很亲近的,不是吗?你可能不太喜欢她们,可你还是和她们很亲近。但是我和她根本不是这样。我甚至都不记得她长什么样了。"

"是啊,你很久没见到她了。"

"我只记得她是一个让我难受的人。这就是我对她的印象。可是我真的很难过,听到她的消息。"

也许不单单是这里的安静驱使我女儿回伦敦去。虽然我们从来不长谈景子的死,但它从来挥之不去,在我们交谈时,时刻萦绕在我们的心头。

和妮基不同,景子是纯血统的日本人,不止一家报纸马上就发现了这个事实。英国人有一个奇特的想法,觉得我们这个民族天生爱自杀,好像无需多解释;因为这就是他们报道的全部内容:她是个日本人,她在自己的房间里上吊自杀。

那天晚上,我站在窗前,看着外面漆黑一片,突然听到妮基在我身后问:"你在看什么呢,妈妈?"她坐在房间那头的长靠背椅上,膝盖上放着一本软皮书。

"我在想以前认识的一个人。以前认识的一个女人。"

"在你……来英国之前认识的?"

"我在长崎时认识的,要是你指的是这个。"她还看着我,我就补充道,"很久以前了。在我认识你父亲之前很久。"

这下她好像满意了,嘟囔了句什么,继续看她的书。从很多方面来说,妮基是个孝顺的孩子。她不仅仅是来看看景子死后我的情况;她是出于一种使命感来的。这几年,她开始欣赏起我过去的某些方面。她来是准备告诉我:事实仍旧如此,我不应后悔从前做的那些决定。简而言之,是来安慰我说我不应为景子的死负责。

如今我并不想多谈景子,多说无益。我在这里提起她只是因为这是今年四月妮基来我这里时的情形,正是在那段时间里,我在这么多年后又想起了佐知子。我和佐知子并不很熟。事实上我们的友谊就只有几个星期,那是在许多年前的一个夏天。

那时最坏的日子已经过去了。美国大兵还是和以前一样多——因为朝鲜半岛还在打仗——但是在长崎,在经历了那一切之后,日子显得平静安详。空气中处处感觉到变化。

我和丈夫住在东边的城郊，离市中心有一小段电车的距离。旁边有一条河，我听说战前河边有一个小村庄。然而炸弹扔下来以后就只剩下烧焦的废墟。人们开始重建家园，不久，四栋混凝土大楼拔地而起，每栋有四十间左右的独立公寓。这四栋楼里，我们这一栋是最后建的，也宣告重建计划暂告一段落；公寓楼和小河之间是一片好几英亩废弃不用的空地，尽是污泥和臭水沟。很多人抱怨这会危害健康，确实，那里的污水很吓人。一年到头死水积满土坑，到了夏天还有让人受不了的蚊子。时不时看见有公务人员来丈量土地、在本子上写写画画，但是好几个月过去，没有任何动静。

这些公寓楼的住户都和我们相似——都是刚结婚的年轻夫妇，男人们在规模渐大的公司里找到了不错的工作。很多公寓都是公司所有，然后以优惠的价格租给员工们。每间公寓都是一样的：榻榻米的地板，西式的浴室和厨房。房子不大，天气暖和一点时又不凉快，不过大家普遍感到心满意足。可是我记得公寓楼里又确实有一种临时过渡的感觉，好像我们都在等着有一天我们会搬到更好的房子里去。

一座小木屋在战争的炮火和政府的推土机中幸存下来。我从窗户就能看见木屋独自伫立在那片空地的尽头，就在河岸边上。是乡下常见的那种木屋子，斜斜的瓦屋顶都快碰到地面了。我不干活时经常站在窗前盯着它看。

从佐知子搬到那里受到的关注看来,我不是唯一一个盯着木屋看的人。有一天大家看到两个男的在那里忙活,大家议论着他们是不是政府的人。后来就听说有个女的带着她的小女儿住进了那里,我自己也看见过她们几次,看见她们小心翼翼地走过臭水坑。

我是在快夏天时——那时我已经怀孕三四个月了——第一次看见那辆破旧的白色美国大车的,车子正跌跌撞撞地穿过空地朝河边开去。那时天已经快黑了,小屋后的最后几缕阳光滑过金属的车身。

后来一天下午,我在电车站听到两个女人在谈论刚搬进河边那间破房子的那个女人。其中一个对另一个说,那天早上她跟那个女人说话,却受到了明显的冷落。听话的人也觉得新来的人似乎不是很友善——大概是傲慢。她们觉得那个女人至少有三十岁了,因为那个孩子至少十岁了。第一个女人说陌生人是东京腔,肯定不是长崎人。她们说了一会儿她的那个"美国朋友",然后第一个女人又回头说这个陌生人早上是如何冷落她的。

如今我并不怀疑那时和我住在同一区的女人里有的也受了很多苦,也充满了痛苦、可怕的回忆。但是看着她们每天围着自己的丈夫和孩子忙得团团转,那时的我很难相信——她们的生活也曾经历了战争的不幸和噩梦。我从来不想显得不友好，可是大概我也从来没有刻意努力显得友好。因为那时我还是想独自一人、不被打扰。

那天我饶有兴趣地听着那两个女人谈论佐知子。我至今还清楚地记得那天下午电车站的情景。六月的雨季终于过去，天开始放晴，湿透了的砖头和水泥都开始变干。我们站在一座铁路桥上，山脚下铁路的一侧是鳞次栉比的屋顶，好像一座座房子从山坡上滚下来。越过这些房子，再过去一些，就是我们的公寓楼，像四根水泥柱子立在那里。当时我隐隐地同情佐知子，有时我远远地看着她，感觉她不太合群，而我觉得自己可以理解她的那种心情。

那年夏天我们成了朋友，至少有一小段时间她允许我介入她的私事。如今我已经记不得我们是怎么认识的。我只记得一天下午，我在出公寓区的小路上看见她在我前头。我急忙走上前去，而佐知子不缓不慢地迈着步子。那时我们应该已经知道对方的名字，因为我记得我边往前走边叫她。

佐知子转过身站住、等我追上她。"什么事？"她问。

"找到你太好了，"我有点上气不接下气地说，"你女儿，我出来时看见她在打架。就在水沟旁。"

"她在打架？"

"和另外两个孩子。其中一个是男的。看起来打得挺凶。"

"我知道了。"说完她继续往前走去。我跟在她的旁边。

"我不是想吓你,"我说,"可真的看起来打得挺凶。事实上我想我看到你女儿脸划伤了。"

"我知道了。"

"就在那里,空地边上。"

"你想他们还在打吗?"她继续往山上走。

"呃,我想不打了。我看见你女儿跑了。"

佐知子看着我,笑了笑。"你不习惯看小孩子打架?"

"呃,我想小孩子是会打架。但我想我应该告诉你一声。还有你看,我想你女儿不是要去上学。另外两个孩子继续往学校的方向走,而她却回河那边去了。"

佐知子没有回答,继续往山上走。

"其实,"我接着说,"我以前就想跟你说了。是这样的,最近我时常看见你的女儿。我在想,她是不是偶尔会逃学。"

小路在山顶上分岔了。佐知子停住脚步,转向我。

"谢谢你的关心,悦子,"她说,"你真好心。我肯定你会是一位好母亲。"

之前我和电车站的女人一样认为佐知子三十岁上下。然而也许是她略显年轻的身材骗了大家,她的脸远不止三十岁。她用一副觉得有点好笑的神情看着我,而她神情里的某些东西让我尴尬地笑了笑。

"很感激你这样来找我,"她又说道,"可是你瞧,我现在忙得很。我得到城里去。"

"知道了。我只是想最好来跟你说一声,没别的。"

她又用那副觉得好笑的神情看了我一会儿,然后说:"太谢谢你了。现在请原谅,我得到城里去了。"她欠了欠身,走向通往电车站的小路。

"只是她的脸划伤了,"我稍稍提高了声音,说。"而且河那边有些地方很危险。我想最好来跟你说一声。"

她再次转过身来,看着我。"你要是有空,悦子,"她说,"今天能帮我看一下女儿吗?我下午会回来。我肯定你们能处得来。"

"要是你希望如此,我不介意。我得说,你女儿看上去还很小,不能让她一整天自己一个人待着。"

"太谢谢你了,"佐知子再次说道,然后又笑了笑。"没错,我肯定你会是一位好母亲。"

和佐知子分开后,我走下山,穿过公寓区,很快回到了我们的公寓楼外,面对着那片空地。我没有看见小女孩,正打算进去,突然看见河边有动静。万里子刚才肯定是蹲下去了,因为现在我可以清楚地看见她小小的身影穿过泥地。刚开始，我想忘了这整件事，回去干活。但是最后，我迈开步子向她走去，小心地避开水沟。

我印象那是我第一次跟万里子说话。所以很可能她那天早上的反应并没有什么奇怪的地方，毕竟我对她来说是陌生人，她很有理由不相信我。要是我那时确实感到一种奇怪的不安，那也只不过是对万里子的态度的自然反应。

那时雨季刚过去几个星期，河水还很高、很急。空地和河岸之间有一道陡坡，小女孩就站在坡底的泥地里，那里的土显然湿得多。万里子穿着一件普通的到膝盖的棉布连衣裙，剪得短短的头发让她的脸像个男孩子。她抬头看着站在泥土坡上头的我，没有笑容。

"你好，"我说，"我刚刚和你母亲说话。你肯定就是万里子吧。"

小女孩还是盯着我，没有吭声。之前我以为她的脸受伤了，现在看清楚那只是被土弄脏了。

"你怎么没去上学？"我问。

她还是不说话。过了一会儿才说："我不上学。"

"可小孩子应该上学。你不想去吗？"

"我不上学。"

"可你妈妈没有送你到这里的学校去吗？"

万里子没有回答。相反，她往后退了一步。

"小心，"我说。"你会掉到河里的。很滑。"

她还是站在坡底抬起头来瞪着我。我看见她的小鞋子躺在旁边的泥土里。她的脚丫子和鞋子一样陷在泥土里。

"我刚刚和你母亲说过话，"我说，亲切地笑了笑，"她说你可以到我家来等她。就在那里，那栋楼里。你可以来尝尝我昨天做的蛋糕。好不好，万里子？你还可以跟我说说你自己。"

万里子还是小心地看着我。然后，她一边目不转睛地看着我，一边弯下腰捡起鞋子。一开始我以为她这是要跟我走。可是她还是一直盯着我，我才明白她是抓住鞋子随时准备跑掉。

"我不会伤害你的，"我紧张地笑了笑，说，"我是你妈妈的朋友。"

我记得这就是那天上午我和万里子间发生的一切。我不想吓着她，不久就转身回去。这孩子的反应着实让我失望；那时，这类小事都会让我对做母亲产生怀疑。我对自己说，这不是什么大不了的事，将来我一定有机会和这个小女孩做朋友。而后来，我是在大约两周后的一个下午才又和万里子说话的。

那天下午之前，我从没进去过那间房子，佐知子请我去时我很意外。我马上想到她是有事才请我去的，而事实确实如此。

屋里很整洁，但是很破旧。屋顶的木梁看上去很旧、不牢固，到处都有一股霉味。房前的大部分拉门都打开了，好让阳光从走廊照进来。尽管如此，房子里的大部分地方还是照不到太阳。

万里子躺在离阳光最远的角落里。我看见她身旁的影子里有什么东西在动，走近一看，一只大猫蜷缩在榻榻米上。

"你好，万里子，"我说，"你还记得我吗？"

她停下抚摸猫的手，抬起头来。

"我们以前见过，"我又说，"记得吗？在河边。"

小女孩好像没有认出我来。她看了我一会儿，又继续抚摸她的猫。我听见在我身后，佐知子正在屋子中间地面的炉子上准备泡茶。我正想走过去，突然听见万里子说："它快生小猫了。"

"哦，真的？太好了。"

"你要一只小猫吗？"

"谢谢你，万里子。我得看看。可是我肯定它们全都会找到好地方的。"

"你为什么不要一只？"孩子说，"另外一个女人说她要一只。"

"我得看看，万里子。另外一位女士是谁？"

"另外一个女人。在河对岸。她说她要一只。"

"可是我想河对岸没有人住，万里子。那里只有树和林子。"

"她说她要带我去她家。她住在河对岸。我没有跟她去。"

我看了她一会儿。突然我想到了什么,笑了出来。

"那是我,万里子。你不记得了吗?那天你妈妈进城去时我叫你去我家。"

万里子再次抬起头来看我。"不是你,"她说,"是另外一个女人。她住在河对岸。她昨晚来这儿了。那时妈妈不在。"

"昨晚?你妈妈不在?"

"她说她要带我去她家,可是我没有跟她去。因为天黑了。她说我们可以拿那个灯笼"——她指了指挂在墙上的灯笼——"可是我没有跟她去。因为天黑了。"

在我身后,佐知子站起身来,看着她女儿。万里子不说话了,转过身去,继续抚摸她的猫。

"我们到走廊去吧,"佐知子对我说,手里端着盛着茶具的托盘。"那里比较凉快。"

我们去了走廊,把万里子留在角落里。在走廊上看不到河水,但是可以看到斜坡和河边潮湿的泥土。佐知子在垫子上坐下,开始倒茶。

"这里到处都是流浪猫,"她说,"对要出生的这些小东西我可没那么乐观。"

"是啊,很多野猫野狗,"我说,"真不像话。万里子的猫是在这里捡的吗?"

"不,我们带来的。我是不想带它来,可是万里子不听。"

"你们从东京一路带来?"

"哦,不。我们在长崎住了快一年了。在城市的另一头。"

"哦,真的?我才知道。你和……和朋友一起住?"

佐知子停下正在倒茶的手,看着我,双手握着茶壶。我在她眼里又看见了上次她看着我的那种觉得好笑的神情。

"我想你搞错了,悦子,"她终于说道,又接着倒茶。"我们住在我伯父家。"

"我向你保证,我只是……"

"是啊,当然。所以没什么不好意思的。"她笑了笑,把茶递给我。"抱歉,悦子,我并没有要取笑你。其实,我有事要找你。一点小忙。"佐知子开始给自己倒茶,这时,她的态度变得严肃许多。倒完茶,她放下茶壶,看着我。"是这样的,悦子,一些事情没有照我计划的那样。结果,我发现自己钱不够了。不是什么大数目,你知道。就一点点。"

"我明白的,"我压低声音,说。"你一定很艰难,带着万里子。"

"悦子,能帮帮我吗?"

我鞠了鞠躬。"我自己有些积蓄,"我说,几乎是耳语。"我很乐意帮忙。"

可是让我想不到的是，佐知子大笑起来。"太谢谢你了，"她说，"可是我并不是要叫你借钱给我。我有别的打算。前几天你提到一个开面店的朋友。"

"你是指藤原太太？"

"你说她需要一个帮手。像这样的小工作就可以帮我大忙。"

"这个嘛，"我拿不准地说，"你要的话我问问。"

"那真是太好了。"佐知子看了我一会儿。"可是你好像很没有把握，悦子。"

"没有的事。我下次看到她就帮你问。可是我在想"——我再次压低声音——"白天谁照顾你女儿呢？"

"万里子？她可以在店里帮忙。她很能干。"

"我相信她行。可是您看，我不知道藤原太太会怎么想。毕竟其实万里子白天应该上学才对。"

"我向你保证，悦子。万里子决不会造成什么麻烦。况且下星期学校就都放假了。我会保证不让她碍事的。这点你可以放心。"

我再次鞠了鞠躬。"我下次看到她就帮你问。"

"太感谢你了。"佐知子呷了一口茶。"其实我想让你这几天就去找你的朋友。"

"我试试看。"

"你真是太好了。"

我们沉默片刻。之前我就注意到了佐知子的茶壶；是用浅色瓷器做的，做工很精细。我手里的茶杯也是同一种精美的材料做的。精美的茶具与破旧的屋子和走廊下方泥泞的土地形成了强烈的对比。我之前就注意到这点，喝茶时这种感觉更加明显。当我抬起头来时才发现佐知子在看着我。

"我用惯了好陶瓷，悦子，"她说，"你瞧，我不是一直都住在这种"——她朝屋子挥了挥手——"这种地方。当然了，我不介意吃一点苦。可是对有些东西，我还是很讲究的。"

我欠了欠身，没说什么。佐知子也研究起她手里的杯子来。她小心地转动着杯子，细细观察，然后突然说道："我想可以说我偷了这套茶具。可是我想伯父他不会太想它们的。"

我有些吃惊地看着她。佐知子把杯子放下，挥手赶走几只苍蝇。

"你说你住在你伯父家？"我问。

她慢慢地点了点头。"一栋很漂亮的房子。花园里还有池塘。和眼前的这一切很不一样。"

一时间我们两个人都往屋子里看。万里子还像我们出来时那样躺在她的角落里，背对着我们，好像在跟她的猫说话。

我们俩沉默了片刻后，我说："我还不知道河对面住着人。"

佐知子转头看着远处的树木。"不，我没见过那里有人。"

"可是帮你看孩子的那个人。万里子说她是从那里来的。"

"我没有人帮我看孩子,悦子。我在这谁也不认识。"

"刚才万里子跟我说有个女的……"

"请别当真。"

"你是说那是万里子编出来的?"

有那么一小会儿,佐知子像是在想些什么。然后她才说:"对。是她编出来的。"

"我想小孩子经常干这种事。"

佐知子点点头。"你当妈妈后,悦子,"她笑着说,"你就得要习惯这种事了。"

接着我们聊到别的事上去了。那时我们的友谊刚刚开始,我们只谈论一些无关紧要的小事。直到几个星期后的一天早上,我才再次听到万里子提起那个来找她的女人。

第二章

那时,回到中川一带仍然会令我悲喜交加。这里山峦起伏,再次走在一座座房子间那些狭窄、陡峭的街道上总是给我一种深深的失落感。虽然我不会想来就来,但总也无法长久地远离这里。

拜访藤原太太同样会给我这种感觉,因为她是我母亲最好的朋友之一,一位和蔼的女士,头发已经花白。她的面店开在一条热闹的小巷子里;店门口有一块水泥地,屋顶伸了出去,客人就在那里,坐在木桌和长凳上吃面。她的客人主要是午休和下班时来光顾的上班族,其他钟点则没有什么客人。

那天下午我有点紧张,因为那是佐知子到那边工作后我第一次去。我在担心——替她们两个都担心——尤其是因为我不知道藤原太太是不是真的需要帮手。那天很热,小巷里都是人。进到阴凉处我真高兴。

藤原太太见到我很高兴。她让我在一张桌子旁坐下,然后去取茶。那天下午没有什么客人——可能一个都没有,我不记得了——也没有看见佐知子。藤原太太取来茶时,我问她:"我的朋友在这里做得怎么样?她还行吧?"

"你的朋友?"藤原太太转头朝厨房的门看去。"她在剥虾。我想很快就会出来了。"然后,好像转念一想,她站起来,朝厨房门口走了几步。"佐知子太太,"她喊道,"悦子来了。"我听见里面传来一声应答。

藤原太太回来坐下,伸过手来摸我的肚子。"开始变明显了,"她说,"你现在开始可得当心啊。"

"反正我也没干多少活,"我说。"我日子很清闲。"

"那就好。我记得我怀第一胎时,遇上了地震,挺大的地震。我那时怀的是和夫。可他后来也健康得很。别太担心,悦子。"

"我会的。"我朝厨房门口看了一眼,"我的朋友在这里做得还好吧?"

藤原太太顺着我的目光朝厨房看去。然后又转向我,说:"我想还好。你们是好朋友,对吗?"

"是的。我在现在住的地方没有多少朋友。我很高兴认识了佐知子。"

"是啊。那太好了。"她坐在那里,看了我几秒钟。"悦子,你今天很累的样子。"

"我想是很累。"我笑了笑。"我想是怀孕的缘故。"

"是啊,自然。"藤原太太还是看着我的脸。"但我是说你好像——不太开心。"

"不开心?才没有呢。我只是有点累,我没有比现在更开心了。"

"那就好。你现在得多想想开心的事。孩子啊。未来啊。"

"是的,我会的。想到孩子我就很开心。"

"很好。"她点点头,但还是盯着我。"心态决定一切。一位母亲应该得到她想要的所有的照顾,她需要以一种积极的心态来抚养孩子。"

"我确实很期待。"我笑了笑,说。厨房里传出声响,我又一次看过去,但还是没有看见佐知子。

"我每周都看见一个年轻的女子,"藤原太太接着说道。"怀孕六七个月了。我每次去墓地都看见她。我没有跟她说过话,但是她看上去很悲伤,和她的丈夫站在那里。真是羞愧啊,一个孕妇和她的丈夫每周日不做别的,就想着死人。我知道他们是敬爱死者,但仍旧不应该这样。他们应该想着未来才是。"

"我想她很难忘记过去。"

"我想是吧。我很同情她。但是现在他们应该向前看。每周都来墓地,这样怎么能把孩子带到这个世上来呢?"

"大概不能。"

"墓地不是年轻人去的地方。和夫有时会陪我去,但我从来没有要他一定要去。他现在也应该向前看了。"

"和夫还好吗?"我问。"他的工作顺利吗?"

"工作很顺利。下个月他就会得到晋升。但他也该想想别的事了。他不可能永远年轻。"

突然我看见外面太阳下来来往往的人群中站着一个小小的身影。

"哎呀,那不是万里子吗?"我问。

藤原太太坐在椅子上转过头去。"万里子,"她喊道。"你到哪里去了?"

万里子站在马路上不动。但不一会儿,她走进阴凉的水泥地,走过我们,在旁边的一张空桌子坐下。

藤原太太先是看着万里子,然后不安地看了我一眼,好像要说什么,但是她站了起来,朝小女孩走去。

"万里子,你到哪里去了?"藤原太太压低了声音,但我还是听得见。"你不可以老是这样子乱跑。你妈妈很生气。"

万里子看着自己的手指,没有抬头看藤原太太。

"还有万里子,请你不要那样子跟客人说话。你不知道那样子很没礼貌吗?你妈妈很生气。"

万里子还是看着自己的手指。在她身后,佐知子出现在厨房门口。我记得那天早上看见佐知子时,我再次惊讶于她比我原先以为的要老得多;她的长发都塞进了头巾里,这样一来,眼角和嘴角的皱纹变得更加明显。

"你妈妈来了,"藤原太太说,"我想她一定很生气。"

小女孩还是坐在那里,背对着她妈妈。佐知子很快地瞥了她一眼,笑着转向我。

"你好啊,悦子,"她说,优雅地鞠了一躬。"在这里见到你真是惊喜。"

在水泥地的另一头,两个上班模样的女人走进来坐下。藤原太太朝她们鞠了个躬,又转向万里子。

"你为什么不到厨房去一会儿呢?"她小声说。"你妈妈会告诉你要做些什么的。很简单的。我相信像你这么聪明的女孩子一定会做的。"

万里子没有反应。藤原太太抬头看看佐知子,一刹那,我觉得她们冷冷地交换了眼神。然后藤原太太转身向她的客人走去。看来她认识她们,边走过水泥地,边熟识地跟她们打招呼。

佐知子走过来在桌子边坐下。"厨房里真热啊,"她说。

"你在这里做得怎么样?"我问她。

"做得怎么样?哦,悦子,这真是很有趣的经历,在面店里工作。我得说，我从没想过有一天我会在这种地方擦桌子。但是"——她很快地笑了笑——"很有趣。"

"我知道了。那万里子呢，她习惯吗？"

我们都往万里子的桌子看去；那孩子还是看着她的手。

"哦，她很好，"佐知子说。"当然了，她有时候很好动。但是你怎么可能要她安静地待在这里呢？真遗憾，悦子，但是你看，我的女儿并没有我的幽默感。她不觉得这里很有趣。"佐知子笑了笑，又看看万里子。然后她站起来，朝她走去。

她静静地问："藤原太太跟我说的是真的吗？"

小女孩没有回答。

"她说你又对客人不礼貌了。是真的吗？"

万里子还是不做声。

"她跟我说的是真的吗？万里子，人家问你话时你要回答。"

"那个女人又来了，"万里子说。"昨晚。你不在的时候。"

佐知子看了她女儿一两秒钟，然后说："我想你现在最好进去。进去，我来告诉你要干些什么。"

"她昨天晚上又来了。她说她要带我去她家。"

"进去，万里子，到厨房里去等我。"

"她要带我去她住的地方。"

"万里子，进去。"

水泥地的那边,藤原太太和那两个女人为了什么事大笑起来。万里子还是看着她的手掌。佐知子走开了,回到我这张桌子。

"请原谅,悦子,"她说。"我有东西在煮。我一会儿就回来。"然后她降低声音加了句:"你不能指望她会对这种地方感兴趣,不是吗?"她笑了笑,走向厨房。到了门口,她再次转向她的女儿。

"快点,万里子,进来。"

万里子没有动。佐知子耸耸肩,进去了。

同样在那段时间,初夏时,绪方先生到我们这里来了,那是他那年早些时候搬出长崎后第一次到这里来。他是我的公公,可是我却老是把他当作"绪方先生",即使在我自己也姓绪方的时候。那时,我已经认识他很久了——比我认识二郎还要久——一直叫他"绪方先生",我从来不习惯叫他"爸爸"。

他们父子俩长得不像。如今回想起二郎,我的眼前出现一个矮矮、结实的、表情严肃的男人;我丈夫对外表一丝不苟,即使在家里,也经常穿衬衫、打领带。现在我还能想见他坐在客厅的榻榻米上,弓着背吃早、晚餐,就像我以前常见的那样。我记得他老是弓着背——像拳击手那样——不管站着还是走路。相反,他的父亲总是坐得直直的,神情轻松、和蔼。那年夏天他来的时候,他的健康状况还很好,身体硬朗、精神矍铄,不像有那么大岁数。

我记得一天早上,他第一次提到松田重夫。那时他已经住了几天了,显然觉得这间小四方屋子很舒适,想多住几天。那是一个明媚的早晨,我们仨在吃早餐,二郎还没去上班。

"你们的同学会,"他对二郎说。"在今晚,是吧?"

"不,是明天晚上。"

"你会见到松田重夫吗?"

"重夫?我想不会见到。他不常参加这些活动。我很抱歉得出去,不能陪你,爸爸。我想不去的,但是那样会让他们不高兴。"

"别担心。悦子会把我照顾得很好的。而且这些活动也很重要。"

"我想请几天假,"二郎说,"可是眼下我们很忙。我说过了,订单刚好在您来的那天来了。真是讨厌。"

"哪儿的话,"他父亲说。"我完全理解。我自己前不久也还在为工作忙碌呢。我没有那么老,你知道。"

"没有,当然没有。"

我们安静地吃着早餐。突然绪方先生说:

"那么你觉得明天不会遇到松田重夫。但是你们偶尔还是会碰面吧?"

"最近不常见了。长大以后大家就各走各的了。"

"是啊,都是这样。学生们都各走各的,然后发现很难保持联系。所以这些同学会就很重要。人不应该那么快就忘记以前的感情。应该时不时地看看过去,才能更好地认识事情。没错,我觉得明天你当然要去。"

"也许爸爸星期天的时候还在这里,"我丈夫说。"那样我们也许能去哪里走走。"

"嗯,好啊。好主意。但是如果你得上班,那一点儿也不要紧。"

"不,我想我星期天没事。很抱歉眼下我太忙了。"

"明天你们请了以前的老师没?"绪方先生问。

"据我所知没有。"

"真是遗憾啊,这种场合老师不太常被邀请。我以前有时也被邀请。在我年轻的时候,我们总是不忘要邀请老师。我认为这样才恰当。这是一个机会让老师看看他的劳动成果,让学生们向他表示感激。我认为老师应该出席才对。"

"是,也许您说得对。"

"现在的人很容易就忘记他们的教育归功于谁。"

"是,您说得很对。"

我丈夫吃完早餐,放下筷子。我给他倒了些茶。

"有一天我碰到了一件奇怪的小事情,"绪方先生说。"现在想想我觉得挺有趣。一天我在长崎的图书馆看见了一本期刊———本教师期刊。我没听说过那个期刊，我教书的时候没有那个期刊。读那本期刊，你会以为现在日本的教师都变成共产主义者了。"

"显然共产主义现在在日本越来越流行，"我丈夫说。

"你的朋友松田重夫在上面发表了文章。想想我看见文章里提到我的名字时是多么惊讶。我没想到现在还有人记得我。"

"我肯定在长崎还有很多人记得爸爸，"我插了一句。

"太奇怪了。他提到远藤老师和我，说到我们的退休。要是我没理解错的话，他暗示说这一行没了我们真是庆幸。事实上，他甚至觉得我们在战争结束后就该被解职了。太奇怪了。"

"您确定是同一个松田重夫吗？"二郎问。

"同一个。栗山高中的。太奇怪了。我记得他以前常来我们家和你玩。你妈妈特别喜欢他。我问图书馆的管理员可不可以买一本，她说她会帮我订一本。到时我拿给你看。"

"这不是忘恩负义吗？"我说。

"当时我可惊讶了，"绪方先生转向我说。"是我把他介绍给栗山高中的校长的。"

二郎喝完茶，用毛巾擦了擦嘴。"太遗憾了。我说过了，我有一段时间没见到重夫了。请原谅，爸爸，但是我得走了，不然要迟到了。"

"哦，当然。工作顺利。"

二郎走下玄关，开始穿鞋。我对绪方先生说："像爸爸这种地位的人一定会听到一些批评。这是很自然的。"

"是啊，"他说，笑了起来。"别在意这件事，悦子。我一点都不介意。只是二郎要去参加同学会，让我又想起了这件事。不知道远藤读到这篇文章没有。"

"祝您今天愉快，爸爸，"二郎在玄关那里说道。"可以的话我会争取早点回来。"

"胡说什么。别为我操心。工作重要。"

那天上午晚些时候，绪方先生从房里出来，穿着外套、打着领带。

"您要出去吗，爸爸？"我问。

"我想去见见远藤老师。"

"远藤老师？"

"对，我想去看看他最近过得怎么样。"

"可是您不是要在吃午饭前去吧？"

"我想我最好马上就去，"他看了看表，说。"远藤现在住的地方离长崎市区有点远。我得搭电车。"

"那让我给您准备一份便当吧，不用多长时间。"

"哎呀，谢谢了，悦子。那我就等几分钟。其实我是想让你帮我准备便当的。"

"那您就说出来，"我站起身来，说。"您不能老用这种暗示来得到您想要的东西，爸爸。"

"可是我知道你会领会我的意思的，悦子。我对你有信心。"

我走向厨房，穿上拖鞋，走进铺着瓷砖的地面。几分钟后，拉门开了，绪方先生出现在门口。他就坐在门口看我准备便当。

"你在给我做什么呢？"

"没什么。只是昨晚的剩菜。这么短的时间里，不可能要求更好的了。"

"但是我肯定你还是会把剩菜变得很可口。你拿蛋要做什么？那个不是剩菜吧？"

"我要加一个煎蛋。您运气好，爸爸，我那么慷慨。"

"煎蛋。你一定要教我怎么做煎蛋。难不难？"

"很难。您这个年纪是学不来的。"

"可是我很想学。还有，你说'您这个年纪'是什么意思？我还年轻，还可以学很多新东西。"

"您真的打算成为一名厨师吗，爸爸？"

"没什么可笑的。这些年来，我渐渐懂得欣赏做菜了。它是一门艺术，我确信这点，就像绘画或诗歌一样高雅。不能因为它的产品很快就消失了而不懂得欣赏。"

"您要坚持画画,爸爸。您画得越来越好了。"

"画画啊。"他叹了一口气。"画画已经不能像以前那样给我满足感了。不,我想我应该学做煎蛋做得跟你一样好,悦子。我回福冈前你一定要教我。"

"一旦您学会了,您就不会再觉得它是什么艺术了。也许女人应该把这些事情保密。"

他笑了起来,像是在对自己笑,然后又安安静静地看我做事情。

"你想是男孩还是女孩呢,悦子?"过了好一会儿他问道。

"我一点儿都不在乎。要是男孩就取您的名字。"

"真的?一言为定?"

"现在再想想,我又拿不准了。我不记得爸爸的名字了。征尔——这个名字不好听。"

"那只是因为我长得丑,悦子。我记得有一个班的学生说我长得像河马。可是你不应该光看外表就觉得不行。"

"没错。我们还得看看二郎是怎么想的。"

"是。"

"可是我希望我的儿子能取您的名字,爸爸。"

"那可真让我高兴。"他笑着朝我微微鞠了一躬。"可我是知道家人坚持要用自己的名字给孩子取名是多么讨人厌的。我记得我和老伴给二郎起名字的时候,我想用我一个叔叔的名字,可是孩子他妈不喜欢这种用亲戚的名字给孩子取名的做法。当然,后来她让步了。景子是个很固执的人。"

"景子是个好名字。要是女孩,也许可以叫景子。"

"你可不能这么匆忙地做决定。你要是没有说到做到,会让老人家很失望的。"

"对不起,我想到了就说出来了。"

"而且,悦子,我相信还有其他人的名字你想用。其他跟你亲近的人。"

"也许吧。不过要是男孩,我想用您的名字。您以前就像我的父亲。"

"我现在不像你的父亲了?"

"像,当然像。可是不一样。"

"我希望二郎是个好丈夫。"

"当然是了。我再幸福不过了。"

"孩子也会让你幸福。"

"是。怀孕的时机再好不过了。现在我们在这里安定下来了,二郎的工作也很顺利。这个时候要孩子最好。"

"那么你觉得幸福?"

"是的,我很幸福。"

"很好。我真替你们两个高兴。"

"给,做好了。"我把涂漆的便当盒递给他。

"啊对了,剩菜,"他说,接过去,深深地鞠了一躬。他微微打开盖子。"但看上去很可口。"

我终于回到客厅。绪方先生在玄关那里穿鞋。

"告诉我,悦子,"他头也不抬地说。"你见过这个松田重夫吗?"

"一两次。我们结婚后他来过。"

"但是现在他和二郎不是什么特别要好的朋友吧?"

"不是。我们寄寄贺年卡,仅此而已。"

"我要叫二郎写信给他。重夫应该道歉。要不然我就要叫二郎跟这个年轻人断交。"

"我知道了。"

"我本想早点跟他说,就在刚才吃早饭的时候。但是这种事最好留到晚上再说。"

"也许您说得对。"

绪方先生再次感谢我做的便当,然后出门了。

结果,那天晚上他并没有提起这件事。他们两个回家时都很累了,一整晚大都在看报纸,很少说话。只有一次绪方先生提到了远藤老师。那是在吃晚饭的时候,他轻描淡写地说了句:"远藤看来不错,只是想念他的工作。毕竟教书是他的生命。"

那天晚上躺在床上准备睡觉时,我对二郎说:"我希望爸爸对我们的接待还满意。"

"不然他还想要怎么样?"我丈夫说。"你要是这么不放心,干吗不带他出去走走?"

"你周六下午要上班吗?"

"怎么可能不上班?我进度已经落后了。他刚好挑在最不方便的时候来。实在太糟了。"

"但是我们周日还是可以出去,对吧?"

印象中我好像没有得到回答,虽然我久久地仰望着漆黑的房间、等着。辛苦地工作了一天之后,二郎总是很累,不想说话。

不管怎样,看来我是瞎操心绪方先生了,因为那次是他待得最久的一次。我记得佐知子来敲门的那天晚上他还在。

佐知子穿着一件我之前从没见过的裙子,肩膀上披着一条围巾。脸上仔仔细细地化了妆,但是有一小撮头发松了,垂到了脸上。

"很抱歉打扰你,悦子,"她笑着说。"我在想万里子是不是在这里。"

"万里子?怎么了,没有啊。"

"哦,没关系。你没有见到过她?"

"抱歉,没有。她丢了?"

"不是的,"她笑了笑,说,"只是我回去时她不在屋子里,没别的。我肯定我很快就能找到她。"

我们在玄关那里说话,我突然发觉二郎和绪方先生在看这边,就介绍了佐知子。他们相互鞠了躬。

"真让人担心,"绪方先生说。"也许我们最好马上打电话给警察。"

"没这个必要,"佐知子说。"我肯定我会找到她的。"

"可是也许安全起见,还是打一下好。"

"真的不用"——佐知子的声音里有一丝生气——"没有必要。我肯定我会找到她的。"

"我帮你找,"我边说边穿上外套。

我丈夫不满地看着我,好像要说什么,但又没说。最后,他说:"天快黑了。"

"真的,悦子,不必这么大惊小怪的,"佐知子说。"不过要是你不介意出来一下的话,我感激不尽。"

"要小心,悦子,"绪方先生说。"要是没有很快找到孩子,就给警察打电话。"

我们下了楼。外面热气还未散尽，空地那头，太阳落得低低的，照亮了泥泞的水沟。

"公寓这一带你找了吗？"我问。

"没有，还没有。"

"那我们找找看吧。"我开始加快步子。"万里子可能待在什么朋友家吗？"

"我想不可能。真的，悦子"——佐知子笑了笑，拉住我的胳膊——"没必要这么慌张。她不会有事的。其实，悦子，我来找你是想告诉你一些事情。你瞧，事情终于定下来了。我们过几天就要去美国了。"

"美国？"也许是因为佐知子抓住我的胳膊，也许是因为吃惊，我停住了脚步。

"对，美国。你肯定没听说过这么个地方。"看到我吃惊她好像很开心。

我又走了起来。公寓楼这一带都是水泥路，偶尔会遇见几棵细细的小树，是楼盖好了以后种的。头顶上，大部分窗户的灯都亮了。

"你不再问我别的了吗？"佐知子追上我，说。"你不问我为什么要去？要和谁去？"

"若这是你想要的，那我真替你高兴，"我说。"可是也许我们应该先找到您的女儿。"

"悦子,你得明白,我没有什么丢脸的。我没有什么好隐瞒的。请你问些你想知道的事吧,我不觉得丢脸。"

"我想也许我们应该先找到您的女儿。我们可以以后再说。"

"好吧,悦子,"她笑了笑,说。"我们先找万里子吧。"

我们找了孩子们玩耍的地方,看了每一栋公寓楼,很快发现我们回到了原来的地方。突然,我看见其中一栋公寓的主入口有两个女人在说话。

"那里的两位太太也许能帮我们,"我说。

佐知子没有动。她朝她们看了看,说道:"我不觉得。"

"但是她们可能见过她。她们可能见过您的女儿。"

佐知子还是看着她们。然后她冷笑一声,耸耸肩,说:"好吧,我们去给她们一些嚼舌根的东西吧。我不在乎。"

我们走过去,佐知子礼貌又镇静地问了她们。两位太太交换了关切的眼神,但是她们都没有看见小女孩。佐知子请她们放心,没什么可担心的,我们就离开了。

"我肯定这下她们高兴了,"她对我说。"现在她们有东西可聊了。"

"我相信她们肯定没有恶意。她们看上去都是真的很关心。"

"你真好,悦子,不过不必跟我说这些。我从来不在乎她们那样的人想什么,现在我更不在乎了。"

我们停住脚步。我看了看四周,又望望公寓的窗户。"她会在哪儿呢?"我说。

"你瞧,悦子,我没有什么丢脸的。我没有什么好瞒着你的。或者是瞒着那些女人。"

"你想我们要不要到河边找一找?"

"河边?哦,我已经找过了。"

"那另一边呢?她可能到对面去了。"

"我想不会,悦子。其实,要是我没猜错的话,她现在已经回去了。大概还很高兴自己惹了这些麻烦。"

"那我们去看看。"

我们回到空地边,太阳已经落到河的下面去了,只能看见河边柳树的轮廓。

"你不用跟着我,"佐知子说。"我很快就会找到她了。"

"没关系。我和你一起去。"

"那好吧。一起走吧。"

我们朝小屋走去。地上凹凸不平,我只穿着木屐,很难走。

"你出去了多久?"我问。佐知子在我前面一两步;她没有回答,我想她可能没有听到,又问了一遍:"你出去了多久?"

"哦,不太久。"

"是多久?半小时?不止?"

"我想大概三四个钟头。"

"我知道了。"

我们一路穿过泥地,尽量当心不踩到臭水坑。快到小屋时,我说:"也许我们应该到对面看一看,以防万一。"

"树林里?我女儿不会在那里的。我们进屋去看看吧。没必要这么担心,悦子。"她又笑了笑,但是我觉得她的笑声里有丝丝的颤抖。

屋里没有电灯,一片漆黑。我在玄关等着,佐知子进屋去。她叫她女儿的名字,打开连着主室的两个小房间的拉门。我站在玄关,听着她在黑暗里来回走动,然后她回到玄关。

"也许你是对的,"她说。"我们最好到对面看看。"

河边的半空中有很多小虫子。我们静静地朝下游的小木桥走去。走过木桥,对岸就是之前佐知子提到的树林。

我们正走在桥上,佐知子突然转向我,飞快地说道:"我们最后去了酒吧。我们本来是要去看电影的,加里·库珀演的,可是排队的人太多了。城里很挤,又有很多喝醉酒的。最后我们去了酒吧,他们给了我们单独的一间小房间。"

"我知道了。"

"我想你没有去过酒吧吧,悦子?"

"没有，没去过。"

那是我第一次到河对岸去。脚下的泥土很软，甚至感觉要陷下去。这也许只是我的想象，但是那时我在河边觉得凉飕飕的，很不自在，像是感觉到有事要发生。我重新加快脚步，朝前面漆黑的树林走去。

佐知子拉住我的胳膊不让我往前走。我顺着她的目光看见河边草地上离河很近的地方躺着一捆什么东西。模模糊糊地看不清楚，只看见地上有一团比周围草地颜色深的黑影。我的第一反应是要冲过去，却发现佐知子还呆呆地站着，盯着那团东西看。

"那是什么？"我傻乎乎地问。

"是万里子，"她静静地说。当她转过头来看着我时，眼睛里有一种异样的神情。

第三章

也许随着时间的推移，我对这些事情的记忆已经模糊，事情可能不是我记得的这个样子。但是我清楚地记得有一个神秘的咒语把我们两个定住了。天越来越暗，我们呆呆地站在原地，盯着远处河边的那个影子。突然间，咒语解除了，我们两个都跑了起来。跑近时，我看见万里子缩成一团侧躺着，背对着我们。佐知子比我早一点到那里，我怀着孕，行动不方便，等我到时，佐知子已经站在孩子身边了。万里子的眼睛睁着，一开始我还以为她死了。但是后来我看见她的眼睛动了，用奇怪的、空洞的眼神盯着我们。

佐知子单腿跪下，扶起孩子的头。万里子还是那么盯着。

"你没事吧，万里子？"我有点上气不接下气地说到。

她没有回答。佐知子也不做声，检查着她的女儿，把她在怀里翻来翻去，好像她是一个易碎的、没有感觉的洋娃娃。我发现佐知子的袖子上有血，再一看，是万里子身上来的。

"我们最好叫人，"我说。

"不严重，"佐知子说。"只是擦伤。看，伤口不大。"

万里子躺在水沟里，短裙有一面浸在黑色的水里。血从她大腿内侧的伤口流出来。

"怎么了？"佐知子问她女儿。"出什么事了？"

万里子还是盯着她妈妈看。

"她可能吓着了，"我说。"现在最好别问她问题。"

佐知子扶万里子站了起来。

"我们很担心你，万里子，"我说。小女孩狐疑地看了我一眼，转过去，走了起来。她走得很稳；腿上的伤看来并无大碍。

我们往回走，过了木桥，沿着河边走。她们两个走在我前面，没有说话。我们回到小屋时，天已经全黑了。

佐知子把万里子带进浴室。我点燃主室中间的炉子泡茶。除了炉子，刚才佐知子点亮的一盏吊着的旧灯笼是屋子里唯一的亮光，屋里大部分地方都还是漆黑一片。角落里，几只黑色的小猫仔被我们吵醒，开始骚动不安。它们的爪子在榻榻米上发出沙沙的声音。

再次出现时，母女两人都换上了和服。她们进了隔壁的一间小房间，我又等了一会儿。佐知子的声音透过隔板传了出来。

最后，佐知子一个人出来了。"还是很热，"她说，走过房间,把通向走廊的拉门打开。

"她怎么样了?"我问。

"她没事。伤口没什么。"佐知子在拉门旁坐下来吹风。

"我们要不要把这件事报告警察?"

"警察?要报告什么呢?万里子说她爬树,结果摔倒了,弄了那个伤。"

"这么说她今天晚上没有和什么人在一起?"

"没有。她能和谁在一起呢?"

"那个女人?"我说。

"哪个女人?"

"万里子说的那个女人。你现在还认为是她编出来的吗?"

佐知子叹了口气。"我想不完全是编的,"她说。"是万里子以前见过的一个人。以前,她还很小的时候。"

"可是这个女人今晚会不会在这里呢?"

佐知子笑了笑。"不会的,悦子,不可能。不管怎么说,那个女人已经死了。相信我,悦子,说什么有个女人,都是万里子发难时的小把戏。我已经很习惯她这些小把戏了。"

"可是她为什么要编这些故事呢?"

"为什么?"佐知子耸了耸肩。"小孩子就喜欢做这些。悦子,你自己当了妈妈以后也要习惯这些事情。"

"你肯定她今天晚上没有和什么人在一起?"

"很肯定。我很了解自己的女儿。"

我们都不说话了。蚊子在我们周围嗡嗡叫。佐知子用手掩住嘴打了个哈欠。

"你瞧,悦子,"她说,"我很快就要离开日本了。你好像不是很在意。"

"我当然在意了。而且我很高兴,要是这是你所向往的。不过不会遇到……很多困难吗?"

"困难?"

"我是指,搬到另一个国家,语言、习惯都不同。"

"我明白你的意思,悦子。但是说真的,我不觉得有什么可担心的。你瞧,我听说过很多有关美国的事,对美国并不完全陌生。至于语言嘛,我已经会说很多了。我和弗兰克都说英语。我在美国住一阵子后,就能像美国女人一样说话了。我真的不觉得有什么可担心的。我知道我能行。"

我微微鞠了一躬,但没说什么。两只小猫朝佐知子坐的地方走来。她看了它们一会儿,然后笑了笑。"当然了,"她说,"有时我也在想事情会怎么样呢。但是真的"——她对我笑了笑——"我知道我能行。"

"其实,"我说,"我担心的是万里子。她会怎么样呢?"

"万里子？哦，她没问题的。你了解小孩子。他们比大人更能适应新环境，不是吗？"

"不过对她来说仍是个很大的变化。她准备好了吗？"

佐知子不耐烦地叹了口气。"说真的，悦子，你觉得我难道没有考虑过这些吗？你以为我决定要离开这个国家前没有首先考虑女儿的利益吗？"

"当然，"我说，"你一定会仔仔细细地考虑。"

"对我来说，女儿的利益是最重要的，悦子。我不会做出有损她的未来的决定。我已经仔细地考虑过了整件事情，我也和弗兰克商量过了。我向你保证，万里子没事的。不会有问题的。"

"可是她的学习呢，会怎么样呢？"

佐知子又笑了。"悦子，我又不是要到深山老林去。美国有学校。而且你要明白，我的女儿非常聪明。她爸爸出身名门，我这边也是，我的亲戚都是很有地位的人。悦子，你不能因为……因为眼前的事物就认为她是什么贫农的孩子。"

"没有。我从来没有……"

"她很聪明。你没有见过她真正的样子，悦子。在眼前这种环境里，小孩子自然有时有点笨拙。但你要是在我伯父的家里头看见她，你就会发现她真正的品质。大人跟她说话时，她回答得清楚、流利，不会像很多小孩子那样傻笑或者扭扭捏捏。而且绝没有这些小把戏。她去上学，跟最优秀的孩子交朋友。我们还给她请了一位家庭教师，老师对她的评价很高。她这么快就能赶上真是叫人吃惊。"

"赶上？"

"这个"——佐知子耸耸肩——"很不幸，万里子的学习总是时不时地被打断。这个事，那个事，我们又经常搬家。但是我们现在比较困难，悦子。要不是战争，要是我丈夫还活着，万里子就能过上我们这种地位的家庭应有的生活。"

"是的，"我说。"没错。"

佐知子可能是听出我的语气不大对，抬起头来看着我。当她往下说时，语气变紧了。

"我不用离开东京的。悦子，"她说。"但是我离开了，为了万里子。我大老远地来我伯父家住，是因为我认为这样对我女儿最好。我本来不用这么做的，我根本用不着离开东京。"

我鞠了一躬。佐知子看了我一会儿，然后转头凝视着屋外漆黑的一片。

"可是如今你离开了你伯父家，"我说。"现在又即将要离开日本。"

佐知子生气地看着我。"你为什么这么说话呢，悦子？你为什么不能祝福我呢？就因为你妒忌？"

"我是祝福你的。而且我向你保证我……"

"万里子在美国会过得很好的,你为什么不肯相信?那里更适合孩子的成长。在那里她的机会更多,在美国女人的生活要好得多。"

"我向你保证我替你高兴。至于我自己,我再心满意足不过了。二郎的工作很顺利,现在又在我们想要的时候有了孩子……"

"她可以成为女商人,甚至是女演员。这就是美国,悦子,什么事情都有可能。弗兰克说我也有可能成为女商人。在那里这些事情都有可能发生。"

"我相信。只是就我而言,我对我现在的生活非常满意。"

佐知子看着那两只小猫在她身旁的榻榻米上乱抓。有几分钟我们两个都没有说话。

"我得回去了,"我打破沉默。"他们要担心我了。"我站起来,可是佐知子仍然看着那两只小猫。"你们什么时候离开?"我问。

"这几天。弗兰克会开车来接我们。周末我们就会坐上船了。"

"那么我想你不会再去给藤原太太帮忙了吧。"

佐知子抬起头来看我,冷笑道:"悦子,我要去美国了。我不再需要到面店工作了。"

"我知道了。"

"其实，悦子，要请你转告藤原太太。我不会再见到她了。"

"你不自己跟她说吗？"

她不耐烦地叹了口气。"悦子，难道你不能体会对我这样的人来说每天在面店里工作有多讨厌吗？不过我不抱怨，要我做什么，我就做什么。但是现在都结束了，我不想再见到那个地方了。"一只小猫在抓佐知子和服的袖子。佐知子用手背重重地拍了它一下，小家伙急忙往回跑过榻榻米。"所以请向藤原太太转达我对她的问候，"她说。"也祝她生意兴隆。"

"我会的。现在请原谅，我得走了。"

这次，佐知子站起来，送我到玄关。

"我们离开前我会去道别的，"我穿鞋时她说。

一开始这好像只是一个很普通的梦；我梦见了前一天看见的事——我们看见一个小女孩在公园里玩。第二天晚上，我又做了同样的梦。其实，这几个月里，我做了几次这样的梦。

那天下午，我和妮基到村子里去时，看见小女孩在玩秋千。那是妮基来的第三天，雨小了，变成毛毛细雨。我有几天没有出门了，走在蜿蜒的小路上，户外的空气令我神清气爽。

妮基走得很快，每走一步，窄窄的皮靴子都咯咯响。虽然我也可以走得很快，但是我更喜欢慢慢走。妮基，我认为，应该懂得走路本身的快乐。再者，虽然她在这里长大，却体会不到乡下给人的感觉。我们边走，我边把我的想法原原本本地说给她听。她反驳说这里不是真正的乡下，只是迎合住在这里的有钱人的一种居住模式。我想她说得对；我一直没敢到英国北部的农业区去，妮基说，那里才是真正的乡下。尽管如此，这些年来，我越来越喜欢这些小路带来的平静和安详。

到村子后，我带妮基去我有时光顾的茶馆。村子不大，只有几间旅馆和商店；茶馆开在街角，在一家面包店楼上。那天下午，妮基和我坐在靠窗的桌子，我们就是从那里看见小女孩在底下的公园玩。我们看见她爬上一个秋千，朝坐在旁边长椅上的两个女人喊。她是个活泼可爱的小女孩，穿着绿色橡胶雨衣和小橡胶雨靴。

"也许你很快就会结婚生孩子，"我说。"我怀念小孩子。"

"这是我最不想做的事了，"妮基说。

"好吧，我想你还太年轻。"

"这和年不年轻没关系。我就是不喜欢一群小孩子在你旁边大喊大叫。"

"别担心，妮基，"我笑了，说。"我不是在强迫你生孩子。我刚刚突然心血来潮想当外婆，没别的。我想也许你能让我当上外婆，不过这事不急。"

小女孩站在秋千上，拼命拉链子，可是不知怎么，就是没办法让秋千荡得更高。但是她仍旧笑着，又朝那两个女人喊。

"我的一个朋友刚生了孩子，"妮基说。"她高兴得不得了。我真不明白。那小东西乱喊乱叫的。"

"至少她很开心。你的朋友几岁？"

"十九岁。"

"十九岁？比你还小。她结婚了吗？"

"没有。这有什么差别？"

"可是这样子她肯定不高兴。"

"为什么不高兴？就因为她没结婚？"

"是的。还有她才十九岁。我不敢相信这样她会高兴。"

"她结没结婚有什么差别？她想要孩子，所有的事情都是她计划好的。"

"她告诉你的？"

"可是，妈妈，我了解她，她是我的朋友。我知道她想要孩子。"

长椅上的女人站了起来。其中一个喊那个女孩子。小女孩从秋千上下来，跑向她们。

"那孩子的父亲呢？"我问。

"他也很高兴。我记得当他们发现他们有孩子了，我们全都出去庆祝。"

"可是人们总是假装高兴的样子。就像昨天晚上我们在电视上看的那部电影。"

"什么电影?"

"我想你没有在看。你在看你的杂志。"

"哦那个。那电影很烂。"

"是很烂。但我就是这个意思。我肯定没有人在知道有孩子时会像电影里的人那样。"

"说真的,妈妈,我真不知道你怎么能坐得住看那种垃圾。你以前都不习惯看电视。我记得以前我电视看太多,你总是叫我把电视关掉。"

我笑了。"你瞧,我们的角色变了,妮基。我相信你是为我好。你一定不能让我像那样浪费时间。"

我们离开茶馆往回走时,空中乌云密布,雨也变大了。我们刚走过一个小小的火车站不多远,就听见后面有人喊:"谢林汉姆太太!谢林汉姆太太!"

我回头看见一个穿着大衣的小个子女人正急急地走过来。

"我猜是你,"她追上我们,说。"你最近好吗?"她给了我一个灿烂的微笑。

"你好,沃特斯太太,"我说。"很高兴又见到你。"

"看来又是坏天气。哦,你好,景子"——她碰了碰妮基的袖子——"我没注意是你。"

"不是,"我急忙说,"这是妮基。"

"妮基,没错。天啊,你长这么大了,亲爱的。难怪我弄混了。你长这么大了。"

"你好,沃特斯太太,"妮基舒了口气,说。

沃特斯太太住在附近。现在我偶尔才见到她,几年前她教我的两个女儿钢琴。她教了景子好几年,而妮基只在小时候教了一年左右。我很快就发现沃特斯太太的钢琴技术有限,而且她对音乐的总的看法也常常让我生气。比如说,她把肖邦和柴可夫斯基的作品都称为"动听的旋律"。可是她为人和蔼可亲,我不忍心把她换掉。

"你最近怎么样,亲爱的?"她问妮基。

"我?哦,我住在伦敦。"

"哦,是吗?你在那里干什么呢?读书?"

"我其实也没干什么。只是住在那里。"

"哦,我知道了。不过你在那里很开心,是吧?这是最主要的,不是吗?"

"是的,我很开心。"

"那就好,这是最主要的,不是吗?那景子呢?"沃特斯太太转向我。"她最近怎么样?"

"景子?哦,她搬到曼彻斯特去了。"

"哦,是吗?听说那个城市总的来说还不错。她喜欢那里吗?"

"我最近没有她的消息。"

"哦,好吧。我想没有消息就是好消息。景子还弹琴吗?"

"我想还弹。我最近都没有她的消息。"

沃特斯太太终于看出我不想谈论景子,尴尬地笑了笑,放开这个话题。景子离开家的这几年来,每次遇见我,沃特斯太太总是要问起景子。我很明显不想谈论景子,而且到那天下午都还讲不出我女儿在什么地方。但是沃特斯太太从不把这些放在心上。很可能以后我们每次见面,沃特斯太太还会笑着向我打听景子的事。

我们到家时,雨一直淅淅沥沥地下着。

"我想我让你丢脸了,对吗?"妮基对我说。我们又坐在沙发上,看着外面的花园。

"你怎么会这么想?"我说。

"我应该跟她说我正在考虑上大学什么的。"

"我一点都不介意你说自己什么。我不觉得丢脸。"

"我想你不会。"

"不过我想你对她很不耐烦。你从来都不太喜欢她,不是吗?"

"沃特斯太太?哦,我以前很讨厌上她的课。无聊死了。我常常睡着,然后耳边不时有小小的声音,叫你把手指放在这里、这里或这里。是你的主意吗,让我上钢琴课?"

"主要是我的意思。你瞧,以前我对你期望很高。"

妮基笑了。"对不起我没学成。可这得怪你自己。我根本没有学音乐的天赋。我们屋里有个女孩是弹吉他的,她想教我几个和弦,可是我根本就不想学。我想沃特斯太太让我这辈子都讨厌音乐了。"

"将来有一天你可能会重新爱上音乐,那时你就会感激上过那些课了。"

"可是我把学的全忘了。"

"不可能全忘的。那个年纪学的东西是不会全丢掉的。"

"反正是浪费时间,"妮基嘟囔道。她坐在那里看着窗外,过了一会儿,转向我说:"我想很难跟别人说吧。我是指景子的事。"

"我那样说最省事,"我答道。"她着实吓了我一跳。"

"我想是这样。"妮基又面无表情地看着窗外。"景子没有来参加爸爸的葬礼,对吧?"她终于说道。

"你明知道她没去干吗还问?"

"我随口说说,没什么。"

"你是要说因为她没有参加你爸爸的葬礼所以你也不参加她的葬礼?别这么孩子气,妮基。"

"我不是孩子气。我是说事实就是这样。她从来不是我们生活的一部分——既不在我的生活里也不在爸爸的生活里。我从没想过她会来参加爸爸的葬礼。"

我没有回答,我们静静地坐在沙发上。然后妮基说:

"刚才真是不自在,和沃特斯太太说话的时候。你好像很喜欢?"

"喜欢什么?"

"假装景子还活着。"

"我不喜欢骗人。"也许是我的话蹦得太快,妮基好像吓了一跳。

"我知道,"她轻声说。

那天晚上雨下了一整夜,第二天——妮基来的第四天——仍旧淅淅沥沥地下个不停。

"今天晚上我换个房间可以吗?"妮基说。"我可以睡空房间。"我们刚吃完早餐,正在厨房里洗盘子。

"空房间?"我笑了笑。"这里现在都是空房间。你要睡空房间当然可以,没有什么不可以。你不喜欢你的旧房间了?"

"睡在那里我觉得不自在。"

"太没良心了,妮基。我本来希望你还把它当作自己的房间的。"

"我是这么想来着,"她急忙说。"我不是不喜欢那个房间。"她不说了,用干毛巾擦着刀子。最后她终于说:"是另外那间。她的房间。就在正对面,让我觉得不自在。"

我停下手里的事,板着脸看着她。

"我忍不住,妈妈。一想到那间房间就在正对面我就觉得怪怪的。"

"睡空房间去吧,"我冷冷地说。"可是你得自己铺床。"

虽然我对妮基换房间的要求表现得很生气,但是我并不想难为她。因为我自己也曾对那个房间感到不安。在许多方面,那个房间是这栋房子里最好的房间,从那里看果园视野极好。但是很长时间里,它一直是景子极小心守护的私人领域,所以即使在她已经离开了六年后的今天,那里仍然笼罩着一股神秘的空气——这种感觉在景子死后更加强烈。

在她最终离开我们的前两三年,景子把自己关在那个房间里,把我们挡在她的世界之外。她很少出来,虽然有时我们都上床睡觉后我听到她在房子里走动。我猜想她在房间里看杂志,听广播。她没有朋友,也不许我们其他人进她的房间。吃饭时,我把她的盘子留在厨房里,她会下来拿,然后又把自己锁起来。我发现房间里乱糟糟的。有发霉的香水和脏衣服的味道,我偶尔瞥见里面,地上是成堆的衣服和无数的时尚杂志。我只得连哄带骗叫她把衣服拿出来洗。最后我们达成共识：每几个星期，我会在她房间门口看见一袋要洗的衣服，我把衣服洗了，拿回去。后来，大家渐渐习惯了她的做法，而当她偶尔心血来潮冒险到客厅里来时，大家就都很紧张。她每次出来无一例外地都是以争吵收场，不是和妮基吵架，就是和我丈夫吵架，最后她又回到自己的房间里去。

我没有见过景子在曼彻斯特的房间，她死的那个房间。作为一个母亲，这么想可能有点病态，但是听到她自杀的消息时，我脑子里的第一个想法——甚至在我感到震惊之前——是：在他们发现之前她那么吊着多久了。在自己家里，我们都一连几天看不见她；在一个没有人认识她的陌生城市里，更别指望会很快被人发现。后来，验尸官说她已经死亡"好几天了"。是房东太太开的门，她以为景子没有交房租就离开了。

我发现这个画面一直出现在我的脑海里——我的女儿在房间里吊了好几天。画面的恐怖从未减弱，但是我早就不觉得这是什么病态的事了；就像人身上的伤口，久而久之你就会熟悉最痛的部分。

"在空房间里睡我至少能暖和些，"妮基说。

"妮基，你晚上要是觉得冷，把暖气打开就好了。"

"我知道。"她叹了口气。"最近我总是睡不好。我想我老做噩梦，但是醒来后就想不起来了。"

"昨天晚上我做了一个梦，"我说。

"我想可能跟这里的安静有关。我不习惯晚上这么安静。"

"我梦见了那个小女孩。昨天我们看见的那个。公园里那个。"

"我在车上就能睡着，可是我不记得怎么在安静的地方睡觉了。"妮基耸耸肩，把一些餐具扔进抽屉里。"也许在空房间里我能睡得好一点。"

我跟妮基说起这个梦，在我第一次做这个梦的时候。这也许表明我从那时起就觉得这不是一个普通的梦。我肯定从一开始就怀疑——虽然不确定是为什么——这个梦跟我们看见的那个小女孩没多大关系，而是跟我两天前想起佐知子有关。

第四章

一天下午,我丈夫下班回来之前,我正在厨房里准备晚饭,突然听见客厅传来奇怪的声音。我停下手里的活侧耳倾听。声音又响了——是很难听的小提琴声。声音持续了几分钟,然后停了。

当我终于来到客厅时,发现绪方先生正弯着腰坐在棋盘前。夕阳照射进来,尽管开着电风扇,屋里还是湿气很重。我把窗户开得更大些。

"你们昨晚没有把棋下完吗?"我走向他,问。

"没有。二郎说他累了。我猜这是他的诡计。你瞧,我在这里把他围住了。"

"这样啊。"

"他仰赖我现在的记性不好了。所以我在温习我的步子。"

"您真是厉害,爸爸。可是我想二郎不会这么狡猾的。"

"也许吧。我敢说现在你比我更了解他。"绪方先生继续研究棋盘,过了一会儿,抬起头来,笑了笑。"你一定觉得很有趣吧。二郎在公司里辛苦工作,而我在家里等他下班回来和我下棋。我就像一个孩子在等爸爸回来。"

"哦,我宁愿您还是下棋的好。您刚才的琴声实在是太可怕了。"

"太没礼貌了。我还希望能感动你呢,悦子。"

小提琴放在旁边的地板上,已经放回盒子里了。绪方先生看着我打开盒子。

"我看见它放在那边的架子上,就擅自拿下来了。"他说。"别担心,悦子。我拿得很小心。"

"我看不一定。正如您说的,爸爸现在像个小孩子。"我拿起小提琴仔细检查。"只不过小孩子够不着那么高的架子。"

我把琴塞到下巴底下。绪方先生一直看着我。

"给我拉一首吧,"他说。"我肯定你拉得比我好。"

"那是肯定的。"我把琴重新放下,搁在一旁。"可是我好久没拉琴了。"

"你是说你都没有练习?太可惜了,悦子。你以前是那么喜欢这个乐器。"

"我想我以前是很喜欢。可现在很少碰了。"

"太不应该了,悦子。你以前是那么喜欢。我还记得以前你三更半夜拉琴,把全家都吵醒了。"

"把全家都吵醒了?我什么时候干过这种事?"

"有,我记得。你刚来我们家住时。"绪方先生笑了笑。"别在意,悦子。我们都原谅你了。现在我想想,你以前最崇拜哪个作曲家来着?是门德尔松吗?"

"是真的吗?我把全家都吵醒了?"

"别在意,悦子。那是好几年前的事了。给我拉一首门德尔松的吧。"

"可是你们干吗不阻止我?"

"只是刚开始的几个晚上。而且我们一点都不介意。"

我轻轻地拨了拨琴弦。音已经走调了。

"我那时肯定成了您的负担,"我静静地说。

"胡说。"

"可是家里其他人。他们肯定觉得我是个疯丫头。"

"他们才不会把你想得这么坏。毕竟最后你跟二郎结了婚。现在好了,悦子,别说这些了。给我拉一首吧。"

"我那时候像什么样子呢,爸爸?我像个疯子吗?"

"你被吓坏了,这是很自然的事。大家都吓坏了,我们这些幸存下来的人。现在,悦子,忘了这些事吧。我很抱歉提起这件事。"

我再次把琴放到下巴底下。

"啊,"他说,"门德尔松。"

我就这么把琴夹在下巴下。过了几秒钟,我放下琴,叹了口气,说:"我现在拉不出来。"

"对不起,悦子。"绪方先生说,声音变沉重了。"也许我不应该碰琴的。"

我抬起头来看他,笑着说:"瞧,小朋友现在知道错了。"

"我在架子上看见它,想起了以前的事。"

"我以后再拉给您听吧。我练习练习。"

他微微地鞠了一躬,眼里又露出了喜悦。

"我会记着你说过的话的,悦子。说不定你还可以教教我。"

"我不能什么都教您,爸爸。您还说您要学做菜。"

"啊对了。还有那个。"

"您下次来的时候我再拉给您听吧。"

"我会记着的,"他说。

那天晚上吃完饭,二郎和父亲坐下来下棋。我收拾完晚餐的东西,拿了些针线活坐下来。棋下到一半时,绪方先生说:

"我刚想到了什么。你不介意的话,我要重新走那步。"

"当然可以,"二郎说。

"可是这样对你很不公平。特别是现在我的形势比你有利。"

"没关系。请重新走那步吧。"

"你不介意?"

"一点儿也不。"

他们继续静静地下棋。

"二郎,"几分钟后绪方先生说,"我在想,信你写了吗?给松田重夫的信?"

我停下手里的针线,抬起头来。二郎还在专心地下棋,他走完那一步才答道:"重夫?哦,还没。我打算写的。但是最近实在是太忙了。"

"当然,我十分理解。我刚好想到这件事,没什么。"

"我最近实在是没时间。"

"当然。不急。我并不是要老缠着你。只是信早点写的好。他那篇文章已经登出来几个星期了。"

"是,当然。您说得很对。"

他们接着下棋。有好几分钟,两个人都没有说话。突然绪方先生说:

"你觉得他会是什么反应呢?"

"重夫?我不知道。我说过了,我现在跟他不熟。"

"你说他加入了共产党?"

"我说不准。我上次见到他时,他确实说支持共产党。"

"真遗憾。不过话说回来,现在日本发生了太多事情让年轻人动摇。"

"是的,的确。"

"现在很多年轻人都被什么思想啊、理论啊冲昏了头。不过他可能会收回前言并道歉的。及时地提醒个人的责任之类的东西也没有。你知道,我怀疑他都没有停下来想过自己在干什么。我想他写那篇文章时是一手拿着笔,一手拿着共产主义的书。他最后会收回前言的。"

"很可能。我最近的工作实在是太多了。"

"当然,当然。工作第一。别为这件事操心。现在,是不是轮到我了?"

他们接着下棋,很少说话。有一次,我听见绪方先生说:"你走的跟我想的一样。你要动动脑筋才能从那里突围。"

他们下了好一会,突然有敲门声。二郎抬起头来,给我递了个眼色。我放下针线,站了起来。

我打开门,看见两个男人笑嘻嘻地朝我鞠躬。那时已经很晚了,一开始我以为他们走错门了。可后来我认出他们是二郎的同事,就请他们进来。他们站在玄关自顾自地笑着。其中一个矮矮胖胖的,脸很红。另一个瘦一些,皮肤很白,像欧洲人的白;但是他好像也喝酒了,脸颊上露出粉色的斑。他们系着的领带都松了,外套挂在手上。

二郎见到他们很高兴,叫他们进去坐。可是他们只是站在玄关,笑个不停。

"啊,绪方,"白皮肤的那个对二郎说,"我们可能来的不是时候。"

"不会。不过你们在这附近做什么呢?"

"我们去看村崎的哥哥。其实,我们还没回家呢。"

"我们不敢回家,所以来打扰你,"胖胖的那个插进来说。"我们没有跟太太说我们要晚点回去。"

"真是混蛋,你们两个,"二郎说。"你们干吗不脱鞋进来呢?"

"我们来的不是时候,"白皮肤的那个又说。"我看见你有客人。"他朝绪方先生笑了笑,鞠了一躬。

"这是我父亲,可是你们不进来我怎么介绍呢?"

客人终于脱了鞋,进来坐下。二郎把他们介绍给父亲,他们再次鞠躬,又笑了起来。

"你们是二郎公司的?"绪方先生问。

"是的,"矮矮胖胖的那个答道。"很荣幸,虽然他让我们很不好过。在办公室里我们叫你儿子'法老',因为他让我们像奴隶一样工作,自己却什么都不做。"

"胡说八道，"我丈夫说。

"是真的。他像苦役一样驱使我们，然后自己坐下来看报纸。"

绪方先生好像听得有点迷糊，但是看见其他人在笑，他也笑了笑。

"啊，这是什么？"白皮肤的那个指了指棋盘。"瞧，我就知道我们会打扰你们。"

"我们只是在下棋打发时间，"二郎说。

"接着下吧。别让我们这种混蛋打断你们下棋。"

"别傻了。有你们这样的笨蛋在旁边，我怎么能集中精神。"说着二郎把棋盘推到一边。有一两个棋子倒了，他看也不看就把它们摆正。"那么说，你们去看村崎的哥哥。悦子，给客人倒茶。"我丈夫说这句话之前，我已经往厨房走去了。可这时矮矮胖胖的那个突然拼命挥手。

"夫人，夫人，坐下。请坐下。我们一会儿就走。您请坐。"

"不麻烦，"我笑着说。

"不用，夫人，我求您"——他越说越大声——"正如您丈夫说的，我们只是两个混蛋。不用麻烦了，请坐下。"

我正想遵照他的意思，突然看见二郎生气地看了我一眼。

"至少喝杯茶再走，"我说。"一点儿也不麻烦。"

"既然坐下了，就多坐一会儿，"我丈夫对客人说。"反正我也想听听村崎的哥哥的事。他真的像人们说的那样疯疯癫癫的吗？"

"他的确是个怪人，"矮矮胖胖的那个笑着说。"今晚确实没有让我们失望。你听说过他妻子的事吗？"

我欠了欠身，悄悄地到厨房去。我泡了茶，在盘子上放了几块那天早些时候做的蛋糕。我听见客厅传来笑声，我丈夫也在笑。其中一个客人又很大声地叫了他一次"法老"。我回到客厅时，二郎和他的客人们聊得正欢。矮矮胖胖的那个正在说一件趣闻，说一个内阁大臣遇见麦克阿瑟将军的事。我把蛋糕放在他们旁边，给他们倒了茶，然后在绪方先生身边坐下。二郎的朋友又开了几个政治家的玩笑，然后白皮肤的那个假装生气了，因为另一个说了一位他敬仰的人物的坏话。大家笑他，他板起脸来。

"对了，花田，"我丈夫对他说。"有一天我在办公室听说了一件有趣的事情。我听说在上次选举时，你威胁你太太说要用高尔夫球棍打她，因为她不跟你选同样的人。"

"你听谁胡说的？"

"消息可靠的人说的。"

"没错，"矮矮胖胖的那个说。"还有，你太太打算报告警察说你政治胁迫。"

"胡说八道。再说，我没有高尔夫球棍了。我去年都卖掉了。"

"你还有一根七号铁杆，"矮矮胖胖的那个说。"上周在你家我看到过。你可能是用那个。"

"可是你不能说没有这事吧,花田?"二郎说。

"什么高尔夫球棍,都是胡说八道。"

"可是你没能让她照你说的做,这是真的吧。"

白皮肤的那个耸耸肩。"这个嘛,她要投给谁是她自己的权利。"

"那你为什么威胁她?"他的朋友问。

"我自然是在试着跟她讲道理。我太太投给吉田就因为他长得像她叔叔。女人就是这样。她们不懂政治。她们以为可以像选衣服那样选国家领导人。"

"所以你就用七号铁杆打她,"二郎说。

"是真的吗?"绪方先生问。从我把茶拿来到现在,他都没有说话。其他三人都不笑了,白皮肤的那个惊讶地看着绪方先生。

"没有。"他突然变得正经八百,微微鞠了一躬。"我没有真的打她。"

"不,不,"绪方先生说。"我是说你太太和你——你们真的投给不同的政党?"

"啊,是的。"他耸耸肩,然后苦笑了一下。"我能怎么办呢?"

"对不起。我不是要多管闲事。"绪方先生低低地鞠了一躬,白皮肤的那个回敬了一个。这一鞠好像成了信号,三个年轻人又开始说说笑笑起来。他们不谈政治了，聊起公司里的同事来。添茶时，我注意到虽然我端了不少蛋糕出来，但是已经快没了。我添完茶，回到绪方先生身旁坐下。

客人们待了一个小时左右。二郎送他们到门口，然后回来坐下，叹了口气。"晚了，"他说。"我得睡觉了。"

绪方先生正在研究棋盘。"我想有几个棋子摆错了，"他说。"我肯定马应该在这格，不是那格。"

"很可能。"

"那我把它放在这里了。同意吗？"

"好，好。我肯定您是对的。我们以后再把棋下完吧，爸爸。我得赶快睡觉了。"

"再走几步吧。我们很快就能下完了。"

"说真的，还是算了吧。我现在太累了。"

"好吧。"

我把刚才做的针线活收起来，坐着等其他人去睡觉。可是二郎翻开一份报纸读了起来。他看见盘子里还有一块蛋糕，就若无其事地拿起来吃。过了一会儿，绪方先生说：

"我们还是现在把它下完吧。只差几步了。"

"爸爸，我现在真的很累了。我明天早上还得上班呢。"

"是的，好吧。"

二郎继续一面看报纸一面吃蛋糕。我看见有一些蛋糕屑掉在榻榻米上。绪方先生又盯着棋盘看了一会儿。

"太奇怪了，"他终于说道，"你朋友刚刚说的事。"

"哦？什么事？"二郎的眼睛没有离开报纸。

"他和他太太投票给不同的政党的事。几年前这种事情是不可能的。"

"没错。"

"如今的事情都太奇怪了。不过我想这就是所谓的民主吧。"绪方先生叹了口气。"我们急着想从美国人那里学来的这些东西，不一定都是好的。"

"是的，确实不一定都好。"

"看看出了什么事。丈夫和妻子投票给不同的政党。再也不能在这些事上信任妻子，真是悲哀。"

二郎边看他的报纸边说："是啊，太可惜了。"

"现在的妻子都忘了对家庭的忠诚。想干什么就干什么，一时高兴的话就把票投给另一个党。这事在现在的日本太典型了。人人借着民主的名义丢掉忠诚。"

二郎抬头看了他父亲一眼，很快又把目光移回报纸。"您说得很对，"他说。"不过当然了，美国人带来的东西也不全是坏的。"

"美国人,他们从来就不理解日本人的处世之道。从来没有。他们的做法也许很适合美国人,可是在日本情况就不一样,很不一样。"绪方先生又叹了一口气。"纪律,忠诚,从前是这些东西把日本人团结在一起。也许听起来不太真实,可确实是这样的。人们都有一种责任感。对自己的家庭,对上级,对国家。可是现在人们不再讲这些了,而是讲什么民主。当一个人想自私自利时,想丢掉责任时,就说民主。"

"是的,您说得对。"二郎打了个哈欠,挠了挠侧脸。

"就拿我这一行来说吧。多年来,我们有一套自己精心建立并热爱的体系。美国人来了,不假思索地把这套体系废除了、粉碎掉。他们决定要把我们的学校变得像美国那样的,我们的孩子应该学美国孩子学的东西。而日本人对这些全都欢迎,大谈特谈什么民主"——他摇了摇头——"学校里很多好东西都被毁了。"

"是的,我想您说得很对。"二郎再次抬起头来。"不过当然了,旧的教育体系里也有一些缺点,其他体系也是。"

"二郎,你说什么?你在哪里看到的吗?"

"只是我的看法。"

"那是你在报纸上看到的吗?我这一辈子都在教育年轻人。后来我看着美国人把整个教育体系都给粉碎了。现在的学校太奇怪了,他们教给孩子的为人处世之道太奇怪了。而且很多东西都不教了。你知道吗？现在的孩子离开学校时对自己国家的历史一无所知。"

"这确实令人遗憾。不过我也记得我上学时的一些怪事。比如说，我记得以前老师教过神是怎样创造日本的。我们这个民族是多么的神圣和至高无上。我们得把课本一个字、一个字地背下来。有些事情也许并不是什么损失。"

"可是二郎，事情不是这么简单。你根本不知道是怎么回事。事情绝不像你想的那么简单。我们献身教育，确保优良的传统传承下去，确保孩子们形成正确的国家观、民族观。以前的日本有一种精神把大家团结在一起。想象一下现在的孩子是怎么样的。在学校里他学不到什么价值观——也许除了说他应该向生活索取任何他想要的东西。回到家里，他发现父母在打架，因为他母亲拒绝投票给他父亲支持的党。这是什么世道？"

"是的，我明白您的意思。现在，爸爸，请原谅，我得去睡觉了。"

"我们尽了全力，像远藤和我这样的人，我们尽全力教导这个国家。很多好东西都被毁了。"

"确实太遗憾了。"我丈夫站了起来。"对不起，爸爸，可是我得睡了。我明天还要忙一天呢。"

绪方先生抬头看着他的儿子，脸上有些惊讶。"啊，当然。

我把你拖得这么晚真是太不应该了。"他微微地鞠了一躬。

"没有的事。我很抱歉我们不能接着聊,可是我真的得去睡了。"

"啊,当然。"

二郎向他父亲道了晚安,离开客厅。绪方先生盯着二郎走出去的那扇门看了好几秒钟,好像在等他儿子随时会回来。然后他转向我,表情很不安。

"我没注意到已经这么晚了,"他说。"我不是有意不让二郎睡觉的。"

第五章

"走了？可他有没有在旅馆里留口信给你？"

佐知子笑了。"你太吃惊了，悦子，"她说。"没有，他什么也没留。他们只知道他昨天上午离开的。老实说，我猜到会这样。"

我才注意到我还端着盘子。我小心地把盘子放下，然后在佐知子对面的垫子上坐下。那天早上，公寓里吹着凉爽的微风。

"可是你多惨啊，"我说。"你把东西都收拾好、准备妥当，在等着他。"

"这对我来说不新鲜，悦子。在东京的时候——我是在东京认识他的——在东京的时候，也发生过同样的事。所以这对我来说不新鲜了。我已经学会预料到这类情况。"

"你还说你今晚要回到城里去？一个人去？"

"别大惊小怪的，悦子。跟东京比起来，长崎像是个沉闷的小镇。如果他还在长崎的话，我今晚就能找到他。旅馆可以换，可是他的习惯是不会改的。"

"可是太让人伤心了。你需要的话,我可以去陪着万里子到你回来。"

"啊,你太好了。万里子一个人待着没问题,不过要是你今晚愿意去陪她一两个小时,那真是太谢谢你了。不过我肯定事情自然会好起来的,悦子。你瞧,你要是有我的一些经历的话,你就懂得不为这种小小的挫折烦恼了。"

"可是要是他……我是说,要是他已经离开长崎了呢?"

"哦,他没有走远,悦子。再说,如果他真的要离开我的话,他会留个字条什么的,不是吗?所以说,他没有走远。他知道我会去找他。"

佐知子微笑着看着我。我不知道该说什么。

"再说了,悦子,"她接着说,"他大老远地到这里来。他大老远地到长崎来我伯父家找我,大老远地从东京来。若不是为了他答应过的事,他为什么要这么做呢?要知道,悦子,他最想做的就是带我去美国。这就是他想做的。这一点没有改变,现在只不过是稍稍的耽搁。"她干笑了一声。"你瞧,有时候他像个孩子。"

"可是你的朋友这样走了是什么意思呢?我不明白。"

"没什么好明白的,悦子,这没什么大不了的。他想做的就是带我去美国,过稳定、体面的生活。这是他真正想做的。不然他干吗要大老远地来我伯父家找我呢？所以说，悦子，没什么好担心的。"

"是的，我想没什么好担心的。"

佐知子好像还想说些什么，却停住不说了。她低头看了看盘子里的茶具。"那现在，悦子，"她笑着说，"我们倒茶吧。"

她静静地看着我倒茶。期间我很快地瞥了她一眼，她笑了，像是在鼓励我接着倒。我倒完茶，我们静静地坐了一会儿。

"对了，悦子，"佐知子说，"我想你已经跟藤原太太说了我的情况了吧。"

"是的。我前天见到她。"

"我想她一定在想我怎么了。"

"我告诉她有人要带你到美国去。她完全理解。"

"你瞧，悦子，"佐知子说，"我发现自己现在处境艰难。"

"是的，我可以理解。"

"经济方面，和其他各个方面。"

"是的，我明白，"我说，并微微地鞠了一躬。"你要的话，我当然可以跟藤原太太说。我相信在这种情况下她很乐意……"

"不，不，悦子"——佐知子笑了起来——"我不想回她的小面馆。我肯定很快就要离开、到美国去了。只是稍稍推迟几天，没别的。但是与此同时，你瞧，我需要一点钱。我记得，悦子，你以前说过可以帮我。"

她和蔼地微笑着看着我。我也看着她。片刻后，我鞠了一躬，说：

"我有一些私房钱。不是很多，但是我很乐意尽我所能。"

佐知子优雅地鞠了一躬，然后拿起她的茶杯，说："我不会说个数让你为难。要借多少全看你自己。你觉得多少合适，我都会感激地接受。当然了，钱会及时归还，这点你尽管放心，悦子。"

"那是，"我静静地说。"我不担心这个。"

佐知子仍然和蔼地微笑着看着我。我说了声"失陪"，走出房间。

卧室里，阳光照射进来，照亮了空气中的灰尘。我在柜子底部的一排小抽屉旁跪了下来。我打开最底下的那个抽屉，取出各种东西——相册、贺卡、一个装着我母亲画的水彩画的夹子——小心翼翼地将它们放在旁边的地板上。抽屉的最底下放着一个黑色的漆制礼盒。打开盒子，里面装着一些我珍藏的信件——我丈夫不知道这些信件——和两三张小照片。我从盒子的最底下取出装着钱的信封。我小心翼翼地把东西放回原样，关上抽屉。离开卧室前，我打开衣橱，挑了一条样子合适的丝巾把信封包上。

我回到客厅时，佐知子正在给自己添茶，没有抬起头来看我。我把包好的丝巾放在她身旁的地板上时,她也没有看,继续倒茶。我坐下时她朝我点了一下头,然后喝起茶来。只是在放下杯子时,她很快地用余光瞥了一下坐垫旁的那包东西。

"你好像有点误会,悦子,"她说。"你瞧,对我所做的一切,我没有什么觉得丢脸或见不得人的。你想问什么都可以。"

"是的,当然。"

"比如说,悦子,你为什么从来不问我'我的朋友'的事?你坚持这么叫他。真的没有什么可丢脸的。怎么了,悦子,你已经开始脸红了。"

"我向你保证我没有觉得丢脸。其实……"

"你有,悦子,我看得出来。"佐知子笑了一声,拍了一下掌。"可你为什么不明白我没有什么好隐瞒的,也没有什么好丢脸的?你为什么要脸红呢?就因为我提到弗兰克?"

"我没有觉得丢脸。我向你保证我从没想过……"

"你为什么从来不问我他的事,悦子?你肯定有很多问题想问。为什么不问呢?毕竟左邻右舍都很好奇,你一定也是,悦子。所以请别拘束,想问什么就问吧。"

"可是我真的……"

"快点,悦子,我要你问。问我他的事。我一定要你问。问我他的事吧,悦子。"

"那好吧。"

"好？说啊，悦子，问吧。"

"好吧。他长什么样，你的朋友？"

"他长什么样？"佐知子又笑了。"你就想知道这个？好吧，他和一般的老外一样高，他的头发开始变稀了。他不老，你明白。老外更容易秃头，你知道吗，悦子？现在再问点别的吧。你肯定还有其他事情想知道。"

"这个，说真的……"

"快点，悦子，问啊。我要你问。"

"可是我真的没有什么想……"

"肯定有，你为什么不问呢？问我他的事吧，悦子，问我吧。"

"好吧，其实，"我说，"我确实想知道一件事。"

佐知子好像突然僵住了。她把本来握在胸前的手放下，放回大腿上。

"我确实想知道，"我说，"他会不会说日语？"

有一会儿，佐知子没有做声。然后她笑了，神情变轻松了。她再次端起茶杯，抿了几口。她开口说话时，声音听起来很恍惚。

"老外学我们的语言很难，"她说，然后停了一下，出神地笑着。"弗兰克的日语很糟糕，所以我们用英语交谈。你懂英语吗，悦子？一点都不懂？是这样，以前我父亲英语说得很好。他有亲戚在欧洲,所以他一直鼓励我学英语。不过后来当然了,结婚后,我就不学了。我丈夫不许我学。他把我的英语书都收走了。可是我没有忘记英语。我在东京遇到老外时就都想起来了。"

我们静静地坐了一会儿。然后佐知子疲惫地叹了口气。

"我想我得赶快回去了,"她说。她弯下腰拿起包好的丝巾,没有打开看,就把它放进手提包里。

"不再喝点茶吗?"我问。

她耸了耸肩。"那就再来一点吧。"

我给她满上。佐知子看着我,然后说:"要是不方便——我是说今天晚上——也没有关系。万里子这么大了,可以一个人待着。"

"不要紧。我肯定我丈夫不会反对的。"

"你太好了,悦子,"佐知子有气无力地说。"也许我应该警告你。我女儿这几天情绪很不好。"

"没关系,"我笑着说。"我得习惯小孩子的各种脾气。"

佐知子又慢慢地喝起茶来,好像并不急着回去。然后放下茶杯,呆呆地看着自己的手背。

过了好一会儿,她终于开口说道:"我知道那时长崎这里遭受了可怕的事情。可是东京的情况也很坏。一周又一周,情况糟透了,不见好转。后来,我们都住在地道和破房子里,到处都是废墟。住在东京的人都目睹了一些可怕的事情。万里子也是。"

她还是盯着自己的手背。

"是的,"我说。"那段时间一定很艰难。"

"这个女人。你听万里子说起的这个女人。是万里子在东京看到的。她在东京还目睹了一些其他的事情,一些可怕的事情,可是她一直记得那个女人。"她把手翻过来,看着手心,一会儿看看这手,一会儿看看那手,像是在作比较。

"而这个女人,"我说。"在空袭中被炸死了?"

"她自杀了。他们说她割断了自己的喉咙。我不知道她是谁。事情是这样的,那天早上万里子跑了出去。我不记得她为什么跑出去了,可能是在为什么事情生气。反正她跑到街上去了,所以我去追她。那时还很早,周围没有人。万里子跑进一条小巷子里,我跟了过去。小巷的尽头是一条运河,那个女人跪在那里,前臂浸在水里。一个年轻女人,很瘦。我一看见她就知道有什么不对劲。你瞧,悦子,她转过来,对万里子笑了笑。我知道有什么不对劲,万里子肯定也感觉到了,因为她停下不跑了。一开始我以为那个女人是个瞎子,因为她的眼神,她的眼睛好像什么也看不见。然后,她把手臂从水里拿出来,让我们看她抱在水底下的东西。是个婴儿。我拉住万里子,离开了那条巷子。"

我没有说话,等着下文。佐知子拿起茶壶给自己倒了些茶。

"正如我刚才说的,"她说,"我听说那个女人自杀了。几天以后。"

"那时万里子几岁?"

"五岁,快六岁了。她在东京还目睹了一些其他的事情。可是她一直记得那个女人。"

"她全看见了?她看见婴儿了?"

"是的。其实,很长时间里,我以为她并不懂得她看见的事情。那天之后她并没有提起这件事。那时她也没有特别不安。直到一个月左右以后,她才第一次提起这件事。那时我们睡在一栋老建筑里。我半夜醒来,看见万里子站着,盯着门口看。那里没有门,只有一个出入口。而万里子站着,盯着那里。我吓坏了。你知道,那个房子没有门,什么人都可以进去。我问万里子怎么了,她说有个女人站在那里看着我们。我问是什么样的女人,她说是那天早上我们看见的那个。站在门口看着我们。我起来看了看,可是那里并没有人。当然了,很可能是有个女的曾站在那里。那里什么人都可以进去。"

"我明白了。万里子把她当作你们见到的那个人了。"

"我猜想是这样的。不管是怎么回事,事情就是这样开始的,万里子对那个女人的幻想。我以为她长大以后就会好了,可是最近又开始了。如果今天晚上她又说起这个,请不要理她。"

"好的，我知道了。"

"你知道小孩子就是这样，"佐知子说。"他们编一些事情来玩，结果分不清哪些是真的、哪些是假的。"

"是的，我想这一点儿都不奇怪。"

"你瞧，悦子，万里子出生的时候很艰难。"

"是的，一定是这样的，"我说。"我很幸运。我知道。"

"那时很艰难。也许我不应该那时结婚。毕竟大家都看得出来战争快来了。可是话说回来，悦子，没有人知道战争是什么样的，那时没有。我嫁入了一个很有名望的家庭。我从没想到战争会造成这么大的影响。"

佐知子放下茶杯，一只手捋了一下头发。然后她很快地笑了一笑。"至于今天晚上，悦子，"她说，"我女儿很会自己跟自己玩。所以请不用太费心。"

说起儿子时，藤原太太的脸常常变得疲倦。

"他一天天变老，"她说。"很快他就只剩下老姑娘可挑了。"

我们坐在她的面摊前的水泥空地。一旁几张桌子上有一些上班族在吃午饭。

"可怜的和夫，"我笑了笑，说。"不过我可以理解他的感受。美智子小姐的事太令人伤心了。而且他们订婚很长时间了，对吧？"

"三年。我从不明白干吗要订婚这么长时间。没错,美智子是个好女孩。我肯定她会第一个同意我的观点,和夫不应该再这样想着她了。她会希望和夫继续好好地生活下去。"

"不过和夫一定很难过。计划了那么多年的事情最后变成这个样子。"

"可是这些都已经过去了,"藤原太太说。"我们都应该把以前的事放在身后。你也是,悦子,我记得以前你难过极了。可是你挺过来了,继续生活。"

"是的,不过我很幸运。那个时候绪方先生对我很好。要是没有他,我不知道我会怎样。"

"是啊,他对你很好。而且当然了,你因此认识了你丈夫。不过这是你应得的。"

"要是绪方先生没有收留我,我真不知道我现在会怎样。不过我可以理解他是多么伤心——我是指您的儿子。即使是我,我有时也会想起中村君。我忍不住。有时候我醒过来,忘了自己在哪里。我以为我还在这里,在中川……"

"好了,悦子,别说了。"藤原太太看了我好一会儿,然后叹了口气。"不过我也是。像你说的,早上,醒来的时候,这事趁你不注意的时候就会找上你。我常常醒过来,心想我得赶快起来给大家准备早饭。"

我们谁也不说话了。过了一会儿，藤原太太笑了笑。

"你太坏了，悦子，"她说。"瞧，你让我都说了这些话。"

"我太傻了，"我说。"不管怎么说，中村君和我，我们之间从来都没有什么。我是说，我们并没有定下什么事。"

藤原太太还是看着我，出神地点了点头。这时，空地那一边的一个客人站了起来，准备离开。

我看着藤原太太走向他，是个穿着衬衫的整洁的年轻人。他们互相鞠躬，然后愉快地聊了起来。那人扣上公文包时说了些什么，藤原太太开心地笑了。他们又互相鞠了一躬，然后那人消失在午后上班的人群里。我刚好利用这个时间调整一下情绪。藤原太太回来时，我说：

"我得走了。眼下您忙得很。"

"你坐着休息吧。你才刚来。我给你弄点吃的。"

"不，不用了。"

"听我说，悦子，你要是不在这里吃，可得再过一个小时才能吃到午饭。你知道现在规律的饮食对你来说多么重要。"

"是，我想是的。"

藤原太太细细地看了我一会儿，然后说："你现在有那么多的盼头，悦子。你在为什么事情不开心呢？"

"不开心？可我一点儿也没有不开心。"

她还是看着我,我紧张地笑了笑。

"孩子出生以后,"她说,"你就会开心起来了,相信我。而且你会是个好母亲的,悦子。"

"我希望如此。"

"你肯定会的。"

"是。"我抬起头来,笑了。

藤原太太点了点头。然后再次站起身来。

佐知子的小屋里越来越暗——屋里只有一盏灯笼——起先我以为万里子在盯着墙上的黑点。她伸出一根指头,那个东西动了一下。这时我才发现是一只蜘蛛。

"万里子,别碰它。这样不好。"

她把双手都放到背后,不过还是盯着蜘蛛看。

"以前我们养了一只猫,"她说。"在我们到这里来之前。那只猫会抓蜘蛛。"

"我知道了。住手,别碰它,万里子。"

"可是它没有毒。"

"是没有毒,可是别碰它,很脏。"

"以前我们养的那只猫,它会吃蜘蛛。我要是吃蜘蛛会怎么样?"

"我不知道，万里子。"

"我会生病吗？"

"我不知道。"我接着做我带来的针线活。万里子继续盯着蜘蛛。最后她说："我知道你今晚晚上为什么过来。"

"我来是因为小女孩自己一个人待着不好。"

"是因为那个女人。是因为那个女人可能会再来。"

"你干吗不再多拿些画给我看呢？你刚才给我看的那些很漂亮。"

万里子没有回答，走向窗户，看着外面。

"你妈妈很快就回来了，"我说。"你干吗不再多拿些画给我看呢？"

万里子还是看着外面。最后，她回到去看蜘蛛前坐着的角落。

"你今天都做了什么，万里子？"我问。"你画画了吗？"

"我跟小胖和小美玩。"

"太好了。他们住在哪里？公寓里吗？"

"它是小胖"——她指了指身旁的一只黑色小猫——"它是小美。"

我笑了。"哦，我明白了。是可爱的小猫，是吗？不过你不和别的孩子玩吗？住在公寓里的孩子？"

"我跟小胖和小美玩。"

"可是你应该试着和别的孩子交朋友。我肯定他们都是好孩子。"

"他们偷了花花。那是我最喜欢的小猫。"

"他们偷了小猫?哦天啊,他们为什么要这么做?"

万里子开始抚摸小猫。"现在我没有花花了。"

"也许它很快就会出现了。我肯定那些孩子只是玩一玩。"

"他们杀了它。现在我没有花花了。"

"哦。他们怎么会做这种事?"

"我向他们扔石头。因为他们说了难听的话。"

"啊,你不应该扔石头,万里子。"

"他们说了难听的话。说妈妈。我向他们扔石头,他们就偷走了花花,不把它还回来。"

"咳,你还有其他的小猫啊。"

万里子又朝窗户走去。她的个子刚好够让她把手肘靠在窗沿上。有几分钟的时间,她看着外面,脸贴在窗户上。

"我想出去,"她突然说。

"出去?可是已经很晚了,外面很黑。而且你妈妈就快回来了。"

"可是我想出去。"

"待在这里,万里子。"

她还是看着外面。我试着看看她看到了什么;从我坐的地方我只看到一片漆黑。

"也许你应该对其他孩子好一点。这样你就可以和他们交朋友了。"

"我知道妈妈为什么叫你来。"

"你要是扔石头,怎么能交得到朋友呢?"

"是因为那个女人。是因为妈妈知道那个女人。"

"我不知道你在说什么,万里子。再跟我说说你的小猫。它们长大一些,你还会再给它们画画吗?"

"是因为那个女人可能会再来。所以妈妈叫你来。"

"我想不是这样。"

"妈妈见过那个女人。前两天的一个晚上,她看见她了。"

我猛地停下手里的针线活,抬起头来看万里子。她不再看着窗外,而是面无表情地看着我,样子很奇怪。

"你妈妈是在哪里看见这个——这个人的?"

"那里。在那里看见的。所以她叫你来。"

万里子离开窗户,回到她的小猫身边。母猫出现了,小猫都偎依到妈妈怀里。万里子在它们旁边躺下,小声地说起话来。她的低语让人隐隐地觉得不安。

"你妈妈就快回来了,"我说。"她现在会在干什么呢?"

万里子仍旧在低语。

"她跟我说了好多弗兰克的事,"我说。"他听上去是个好人。"

万里子不做声了。一刹那间,我们面面相觑。

"他是个坏蛋,"万里子说。

"你这样说可不好,万里子。你妈妈跟我说了好多弗兰克的事,他听上去确实是个好人。而且我相信他对你很好,不是吗?"

她站起来,走向墙壁。蜘蛛还在那里。

"对,我相信他是个好人。他对你很好,不是吗,万里子?"

万里子伸出手去。蜘蛛沿着墙壁慢慢地爬着。

"万里子,别碰它。"

"我们在东京养的那只猫,它会抓蜘蛛。我们本来要把它带来的。"

蜘蛛挪了地方以后,我看得更清楚了。它的腿又粗又短,每一条腿都在黄色的墙壁上投下一道阴影。

"它是只好猫,"万里子接着说。"它本来要和我们一起来长崎。"

"你们带它来了吗?"

"它不见了。我们出发的前一天。妈妈答应说我们可以带上它的,可是它不见了。"

"这样啊。"

她突然伸出手去,抓住了蜘蛛的一条腿,把它从墙壁上拿下来。其他几条腿在空中疯狂地乱舞。

"万里子,放开它。它很脏。"

万里子把手翻过来,蜘蛛爬到她的手掌上。她把另一只手盖上,把蜘蛛关在里面。

"万里子,放开它。"

"它没有毒,"她说,向我走来。

"没有毒,可是很脏。放回角落去。"

"可是它没有毒。"

她站在我面前,蜘蛛合在她手里。我从她的手指缝里看见蜘蛛的一条腿在慢慢地、有节奏地抖动。

"把它放回角落去,万里子。"

"我把它吃了会怎么样?它没有毒。"

"你会得重病的。好了,万里子,把它放回角落去。"

万里子把蜘蛛拿到嘴边,张开嘴巴。

"别傻了,万里子。很脏。"

她张大嘴巴,然后分开合着的手,蜘蛛掉在我的正前方。我吓得往后退。蜘蛛飞快地沿着榻榻米跑进我身后的黑暗里去。我过了一会儿才回过神来,这时万里子已经跑出小屋了。

第六章

我不知道那天晚上我找她找了多久。应该是挺久的,因为那时我的肚子已经很大了,我总是当心行动不能太匆忙。而且,到了外面,我突然发现走在河边十分惬意。河岸上有块地方草长得很高。那天晚上我一定是穿着木屐,因为我清楚地记得草在我脚边的感觉。我走着,身边一直萦绕着昆虫的叫声。

最后我终于听出来其中有个沙沙的声音,像有条蛇在我身后的草地里爬行。我停下来细听,发现了声音的来源:一条旧绳子缠在我的脚踝上,我在草地里一直拖着它。我小心地把它从脚上解下来。我把它拿到月光底下,它在我手指里湿漉漉的,满是泥。

"喂,万里子,"我喊道,她就坐在我前面不远的草丛里,蜷起腿,下巴靠在膝盖上。一棵柳树——河岸上有几株柳树——垂到她坐的地方。我往前走了几步,把她的脸看得更清楚些。

"那是什么?"她问。

"没什么。我走路时,它缠住我的脚了。"

"到底是什么?"

"没什么,只是一条旧绳子。你为什么跑到这里来?"

"你要一只小猫吗?"

"一只小猫?"

"妈妈说我们不能带着小猫。你要一只吗?"

"我不想要。"

"可是我们得赶快帮它们找到一个家。不然妈妈说我们就得把它们淹死。"

"那太遗憾了。"

"你可以要小胖。"

"这得看看。"

"你干吗拿着那个?"

"我说了,没什么。它缠住我的脚了。"我往前一步。"你这是做什么,万里子?"

"做什么?"

"你刚刚的表情很奇怪。"

"我没有。你干吗拿着绳子?"

"你刚刚的表情很奇怪。非常奇怪。"

"你干吗拿着绳子?"

我注视了她一会儿。她的脸上露出害怕的样子。

"那么,你不想要小猫吗?"她问。

"不,我不想要。你是怎么了?"

万里子站了起来。我走到柳树底下,看见小屋在不远处,屋顶的颜色比天空深。我听见万里子跑进黑暗里的脚步声。

我回到小屋的门口,听见里面传来佐知子生气的声音。我进屋时,母女俩都转过来看我。佐知子站在屋子中央,她女儿在她面前。她精心打扮的脸在灯笼的照射下像一张面具。

"恐怕万里子给你添麻烦了,"她对我说。

"啊,她跑到外面去了……"

"跟悦子道歉。"她狠狠地抓着万里子的胳膊。

"我还要出去。"

"你不许动。马上道歉。"

"我要出去。"

佐知子举起一只手重重地打孩子的大腿背。"马上跟悦子道歉。"

万里子的眼睛里闪烁着小小的泪珠。她很快地瞥了我一眼,然后转向她妈妈。"你为什么老是出去?"

佐知子再次举起手来警告她。

"你为什么老是和弗兰克出去?"

"你要不要道歉?"

"弗兰克像猪一样撒尿。他是臭水沟里的猪。"

佐知子吃惊地看着她的孩子,手停在半空中。

"他喝自己的尿。"

"住嘴。"

"他喝自己的尿,还在床上大便。"

佐知子还是生气地盯着她,人却呆住了。

"他喝自己的尿。"万里子挣开佐知子的手臂,若无其事地走过客厅。走到玄关,她转过身来,回瞪着她妈妈。"他像猪一样撒尿,"她又说了一遍,然后跑了出去。

佐知子还是盯着玄关,显然忘了我的存在。

"不去追她吗?"过了一会儿,我说。

佐知子看着我,好像稍微缓过来了。"不用,"她边说边坐下来。"别管她。"

"可是已经很晚了。"

"别管她。她高兴了就会回来了。"

水壶已经在炉子上滚了好一会儿了。佐知子把它从火上拿开,开始泡茶。我看了她一会儿,然后静静地问:

"找到你的朋友了吗?"

"是的，悦子，"她说。"我找到他了。"她继续泡茶，没有抬起头来看我。然后她说："太谢谢你今天晚上到这里来了。我为万里子的事道歉。"

我还是看着她。最后，我说："你现在打算怎么办？"

"打算怎么办？"佐知子添满茶壶，把剩下的水倒到火里。"悦子，我跟你说过很多次了，对我来说最重要的是我女儿的幸福。这是我优先考虑的。毕竟我是个母亲。我不是什么不懂得自重的年轻酒吧女郎。我是个母亲，我女儿的利益是第一位的。"

"当然。"

"我打算给我的伯父写信。我要告诉他我的行踪，他有权知道我现在的情况，我会都告诉他。然后他同意的话，我要跟他商量我们有没有可能回那里去。"佐知子双手拿起茶壶，轻轻地摇晃起来。"事实上，悦子，我很高兴事情变成这个样子。想象一下我女儿会多么的不习惯，突然发现自己在一个都是老外的地方，一个都是老美的地方。突然有一个老美做爸爸，想象一下她会多么不知所措。你明白我说的话吗，悦子？她这辈子已经有太多的动荡不安了，她应该找个地方安顿下来。事情变成这个样子也好。"

我嘟囔了一声表示同意。

"孩子，悦子，"她接着说，"就意味着责任。你很快就会明白这点了。这就是他害怕的，谁都看得出来。他怕万里子。这个，我不能接受，悦子。我必须先考虑我的女儿。事情变成这个样子也好。"她的手还在摇晃着茶壶。

"你一定很失望吧，"最后，我说道。

"失望？"——佐知子笑了——"悦子，你以为这种小事会让我失望吗？我在你这个年纪时也许会。可是现在不会了。过去这几年，我经历了太多的事情。不管怎样，我料到会这样。哦没错，我一点也不惊讶。我料到了。上次，在东京，也差不多是这样。他不见了，把我们的钱都花光了，三天内全都喝光了。其中很多是我的钱。你知道吗？悦子，我甚至在旅馆里当女佣。没错，当女佣。可是我不抱怨，我们钱凑得差不多了，再过几个星期我们就可以坐船去美国了。可是他把钱全喝光了。那么多个星期，我跪在地上擦地板，可是他三天内就全都喝光了。这次他又来了，和一文不值的酒吧女郎泡在酒吧里。我怎么能把我女儿的未来交到他这种人的手上？我是个母亲，我必须先考虑我的女儿。"

我们又都不说话了。佐知子把茶壶放下，盯着它。

"我希望你伯父能理解你，"我说。

她耸了耸肩。"至于我伯父，悦子，我会和他商量的。我愿意为了万里子而这么做。他要是不同意，我就再想别的办法。反正我不打算陪着一个洋酒鬼去美国。我很高兴他找了个酒吧女郎陪他喝酒,我肯定他们真是般配。可是至于我,我要做对万里子最好的事情,这就是我的决定。"

佐知子又盯着茶壶看了一会儿。然后她叹了一口气,站了起来,走向窗户,往外看。

"我们现在不去找她吗?"我说。

"不用,"佐知子边看着窗外边说。"她很快就会回来了。她想待在外面就让她待在外面吧。"

如今的我无限追悔以前对景子的态度。毕竟在这个国家,像她那个年纪的年轻女孩想离开家不是想不到的。我做成的事似乎就是让她在最后真的离开家时——事情已经过去快六年了——切断了和我的所有关系。可是我怎么也想不到她这么快就消失得无影无踪;我所能预见的是待在家里不开心的女儿会发现承受不了外面的世界。我是为了她好才一直强烈反对她的。

那天早上——妮基来的第五天——我很早就醒过来,脑子里的第一个念头是我没有听到这几个晚上和清晨都能听到的雨声。然后我想起了是什么让我醒过来。

我躺在被窝里,来来回回地看在微光中依稀可见的东西。几分钟后,我感觉平静了一些,就又闭上眼睛。可是我并没有睡。

我想着那个房东——景子的房东——想着她是怎样终于打开曼彻斯特的房门的。

我睁开眼睛，又看着房间里的东西。最后我爬起来，穿上晨衣，去盥洗室。我小心不吵醒睡在我隔壁客房里的妮基。当我走出盥洗室时，我在楼梯口站了一会儿。楼梯的那边，走廊的尽头，可以看见景子的房门。门和平时一样关着。我直盯着门，然后往前迈开步子。最后我来到了房门前。我站在那里，好像听见一个细小的声音，是里面传来的动静。我又听了一会儿，可是什么也听不见了。我伸出手去，打开门。

灰暗的光线里，景子的房间显得凄凉；床上只有一条床单，旁边是她的白色梳妆台，地上有几个纸板箱，装着她没有带到曼彻斯特去的东西。我走进房间。窗帘开着，我能看见下面的果园。天空露出鱼肚白；似乎没有在下雨。窗户下、草地上，两只鸟在啄着掉下来的苹果。这时，我开始觉得冷，于是回到自己的房间。

"我的一个朋友在写一首关于你的诗，"妮基说。我们正在厨房里吃早饭。

"关于我？为什么呢？"

"我跟她说了你的事，她就决定要写一首诗。她是个才华横溢的诗人。"

"一首关于我的诗？太荒唐了。有什么可写的？她都不认识我。"

"我说了，妈妈，我跟她说了你的事。她理解人的能力真是惊人。你瞧，她自己也经历了很多事情。"

"我明白了。你这个朋友几岁？"

"妈妈，你总是关心别人几岁。人重要的不是年龄，而是经历。有的人活到一百岁也没经历过什么事。"

"我想是的。"我笑了，瞥了一眼窗子。外面下起了蒙蒙细雨。

"我跟她说了你的事，"妮基说。"你的、爸爸的，还有你们是怎么离开日本的。她听了以后印象深刻。她能体会事情是什么样的，知道做起来并不像听起来的那么容易。"

我盯着窗子看了一会儿。然后我很快地说："我相信你的朋友一定能写出一首好诗。"我从水果篮里拿了一个苹果，妮基看着我拿起小刀来削。

"很多女人，"她说，"被孩子和讨厌的丈夫捆住手脚，过得很不开心。可是她们没有勇气改变一切。就这么过完一生。"

"嗯哼。所以你是说她们应该抛弃孩子，是吗，妮基？"

"你知道我的意思。人浪费生命是悲惨的。"

我没有做声，虽然我女儿停了下来，像是在等着我回答。

"一定很不容易，你做的那些，妈妈。你应该为你所做的感到自豪。"

我继续削苹果。削完后，拿纸巾擦干手指。

"我的朋友们也都这么想，"妮基说。"那些知道你的事的。"

"我真是受宠若惊。谢谢你那些了不起的朋友。"

"我只是说说而已。"

"你已经把意思说得很清楚了。"

也许那天早上我没有必要敷衍她，不过妮基一直觉得应该在这些事情上把我劝开。再者，其实她并不知道我们在长崎的最后那段日子究竟发生了什么。她可能是通过她父亲告诉她的事构建了一些图画。这样的图画不可避免是不准确的。事实上，虽然我的丈夫写了很多令人印象深刻的关于日本的文章，但是他从不曾理解我们的文化，更不理解二郎这样的人。我并非在深情地怀念二郎，可是他绝不是我丈夫想的那种呆呆笨笨的人。二郎努力为家庭尽到他的本分，他也希望我尽到我的本分；在他自己看来，他是个称职的丈夫。而确实，在他当女儿父亲的那七年，他是个好父亲。不管在最后的那段日子里，我如何说服自己，我从不假装景子不会想念他。

不过这些事情都已经过去了，我也不愿再去想它们。我离开日本的动机是正当的，而且我知道我时刻把景子的利益放在心上。再想这些也没什么用了。

我正在修剪窗台上的盆栽，弄着弄着，突然发觉妮基很安静。我转过头去看她，她站在壁炉前，视线越过我，看着外面的园子。我回头看窗外，顺着她的视线看她在看什么，虽然玻璃上有雾，但仍然可以看清楚花园。妮基好像是在看着篱笆附近，那里风和雨打进来，打乱了支撑幼小的西红柿的藤。

"我想那些西红柿今年是不行了，"我说。"我都没怎么去管它们。"

我仍旧看着那些藤，突然听见抽屉被打开的声音。我再次转过头去，妮基正在翻抽屉。早饭后，她决定把她爸爸在报纸上发表的文章统统读一遍，一早上大部分时间花在了翻找家里的抽屉和书架上。

我继续整理我的盆栽；盆栽有不少，杂乱地堆满窗台。身后，我能听见妮基翻抽屉的声音。突然她又没有声响了。我转过头去时，她的视线再次越过我，看着外面的园子。

"我要去喂金鱼，"她说。

"金鱼？"

妮基没有回答就走了出去，一会儿我看见她大步走过草坪。我擦掉玻璃上的一块雾，看着她。妮基走到花园的尽头，走到假山中的鱼池。她把饲料倒进鱼池，在那里站了几秒钟，盯着鱼池。我可以看见她的侧影；她很瘦，虽然穿着时髦衣服，却明显还是有些孩子气。我看着风吹乱她的头发,心想她怎么不穿外衣就出去了。

往回走时,她在西红柿边上停下。尽管雨点不小,她还是站在那里观察了它们一会儿。接着她走近几步,开始小心翼翼地把藤弄直起来。她扶起几根完全倒下去的藤,然后蹲了下来,膝盖几乎碰到了湿漉漉的草地,把我放在地上、用来赶走偷吃的鸟儿的网弄正。

"谢谢你,妮基,"她进屋时我对她说。"你太有心了。"

她嘟囔了一声,在长靠背椅上坐下。我注意到她变得有些不好意思。

"我今年真的没怎么去管那些西红柿,"我又说道。"不过我想也没什么关系。现在那么多的西红柿我都不知道该怎么办。去年,我把大部分都给了莫里森夫妇。"

"哦天啊,"妮基说,"莫里森夫妇。亲爱的莫里森老两口怎么样了?"

"妮基,莫里森夫妇都是很好的人。我想不通你干吗要这么瞧不起他们。以前你和卡西还是最好的朋友。"

"哦没错,卡西。她最近怎么样了?还住在家里吧,我想?"

"啊,是的。她现在在银行上班。"

"很像她。"

"在我看来,她这个年纪做这个再适合不过了。还有,玛里琳结婚了,你知道吗?"

"哦是吗?她嫁给谁了?"

"我不记得她丈夫是做什么的了。我见过他一次。他看来很讨人喜欢。"

"我猜他是个教区牧师之类的。"

"好了,妮基,我真是想不通你为什么非得用这种语气。莫里森夫妇一直对我们很好。"

妮基不耐烦地叹了口气,说:"他们做事的方式就是让我讨厌。比如说他们教育孩子的方式。"

"可是你好几年没见到莫里森夫妇了。"

"我以前认识卡西时已经见得够多的了。他们那种人真是无药可救。我想我应该替卡西难过。"

"你就因为卡西没有像你一样到伦敦去住而责怪她?我得说,妮基,这可不像你和你的朋友们所标榜的宽容大度。"

"哦,没关系。反正你也不明白我在讲什么。"她瞥了我一眼,然后又叹了一口气。"没关系,"她看着另一边,又说了一次。

我又盯着她看了一会儿。最后,我转回窗台,继续摆弄我的盆栽,没有说话。

"你知道,妮基,"几分钟后我说道,"我很高兴你有处得来的好朋友。毕竟，现在你要过自己的生活。这是自然的。"

我的女儿没有做声。我看了她一眼，她正在看从抽屉里找到的一份报纸。

"我很想见见你的朋友，"我说。"随时欢迎你带他们到这里来。"

妮基轻轻地甩了一下头，不让头发遮住视线，继续看报纸，脸上露出专注的神情。

我重新回到盆栽上，因为这些信号我再明白不过了。每当我打探她在伦敦的生活，妮基就摆出一副微妙的、但是相当斩钉截铁的态度；她用这种方式告诉我，我不应该再问下去，不然会后悔。结果，我对她目前生活的认识大部分都是靠猜想。可是，在她的信里——妮基总是记得写信——她提到了一些在谈话中不可能涉及的东西。比如说，我就是从信里知道她的男朋友叫大卫，在伦敦的一所大学里学政治。可是在谈话中，要是我问到他好吗，我知道那道障碍马上就会严严实实地落下。

如此强烈地保护自己的隐私让我想起了她的姐姐。因为事实上，我的两个女儿有很多共同点，比我丈夫承认的要多得多。在他看来，她们是完全不同的；而且，他形成这么一种看法，认为景子天生就是一个难相处的人，对此我们无能为力。其实，虽然他从未直说出来，但是他会暗示说景子从她爸爸那里继承了这种性格。我没有反驳，因为这是最简单的解释：怪二郎，不怪我们。当然了，我丈夫并不知道小时候的景子是什么样的；他要是知道的话，就会发现这两个女孩在小时候有多像。都是火爆脾气，都有很强的占有欲；生气的话，不会像其他孩子那样很快忘记他们的怒火，而是会闷闷不乐一整天。可是，一个长成了快乐、自信的年轻姑娘——我对妮基的未来充满信心——另一个越来越不快乐，最终结束了自己的生命。我并不像我丈夫那样，觉得可以把原因简单地归咎于天性或二郎。可是，这些事情都已经过去了，再想也没什么用了。

"对了，妈妈，"妮基说。"今天早上是你吧？"

"今天早上？"

"早上我听见一些动静。很早的时候，大概四点吧。"

"很抱歉吵到你了。对，是我。"我笑了起来。"怎么了，你以为还会是谁呢？"我还在笑，一时停不下来。妮基瞪着我，报纸还摊在她面前。"哦，对不起我把你吵醒了，妮基，"我终于止住了笑，说道。

"没关系，反正我已经醒了。这几天我好像都睡不好。"

"换了房间也睡不好？你可能得去看医生。"

"我可能会去。"妮基说道，又继续看报纸。

我放下一直拿着的大剪刀，转向她。"你知道，很奇怪。今天早上我又做了那个梦。"

"什么梦?"

"我昨天跟你说的那个,不过我想那时你没有在听。我又梦见了那个小女孩。"

"哪个小女孩?"

"那天我们在村里喝咖啡时看见的,在荡秋千的那个。"

妮基耸了耸肩。"哦,那个,"她没有抬头,说。

"其实,根本不是那个小女孩。今天早上我意识到这一点。看似是她,但其实不是。"

妮基又一次抬起头来看着我,然后说:"我想你是指她。景子。"

"景子?"我微微地笑了。"多奇怪的想法。为什么是景子呢?不,跟景子没有关系。"

妮基还是不确定地看着我。

"只是我以前认识的一个小女孩,"我说。"很久以前。"

"哪个小女孩?"

"你不认识。我很久以前认识的。"

妮基又耸了耸肩。"我甚至压根就无法入睡。我想昨天晚上我只睡了大概四个小时。"

"太让人担心了,妮基。特别是在你这种年纪。你可能得去看医生。你随时可以去找弗格森医生。"

妮基又做了个不耐烦的动作,继续看她爸爸登在报纸上的文章。我看了她一会儿。

"其实,今天早上我还意识到别的事情,"我说。"关于那个梦的。"

我女儿似乎没有在听。

"你瞧,"我说,"那个小女孩根本不是在秋千上。一开始好像是秋千。但其实她不是在秋千上。"

妮基嘟囔了句什么,继续看报纸。

第二部

第七章

　　夏天越来越热，公寓区旁的那片空地也让人越来越不能忍受。大部分的土干得裂开了，而雨季里积的雨水却还留在凹下去的沟和坑里。空地滋生各种虫子，其中蚊子最多，随处可见。公寓里的人一直在抱怨，可是几年以后，对那块空地的愤怒逐渐变成了听之任之、冷嘲热讽。

　　那年夏天我经常要穿过那块空地到佐知子的小屋去，这段路真够讨厌的；虫子飞进你的头发，地面的裂缝里看得到大大小小的蚊子。我至今仍清楚地记得那段路，那一趟趟来回——还有对即将做妈妈的担心，还有绪方先生的来访——使得那个夏天与众不同。可是除此之外，那个夏天跟别的夏天没什么两样。很多时候——后来几年也是——我都呆呆地望着窗外的景色。晴朗一些的日子里，我能看见河对岸的树后面淡淡的山的轮廓，映着白云。那景色还挺好看，有时还能带给我难得的消遣，打发我在公寓里的那一个个漫长、无聊的下午。

除了空地的事，那年夏天小区的人还关心其他话题。报纸上都在说占领快结束了，东京的政客们忙着吵来吵去。公寓里的人也经常谈论这件事，但跟讲起空地一样，带着冷嘲热讽。大家更关心的是儿童谋杀案的报道，案件震惊了当时的长崎。先是一个男孩，后来是一个小女孩发现被殴打致死。当发现第三名受害者时——又一个小女孩被吊死在树上——小区里的妈妈们几乎惊慌失措。虽说事件都发生在城市的另一头，但这丝毫不能减轻人们的恐惧：小区里几乎看不见小孩子的身影，尤其是在晚上。

我不清楚当时的那些报道让佐知子担心到什么程度。诚然她似乎不像以前那样把万里子一个人留下，可是后来我怀疑这更主要的是因为她生活中的其他进展：她收到了她伯父的回信，说愿意让她们回去住，之后我很快就发现佐知子对小女孩的态度变了：她对孩子似乎更有耐心、更加随和了。

收到她伯父的来信后，佐知子大大地松了一口气，一开始我毫不怀疑她会回去。然而，日子一天天过去，我开始怀疑她的打算。一方面，收到信后的几天，我发现佐知子没有把这件事情告诉万里子。后来，几周过去了，佐知子不仅没有准备离开，我发现她也没有给她伯父回信。

要不是佐知子特别不愿提起她伯父家，我想我不会去想这个事情。我越来越好奇。虽然佐知子三缄其口，我还是知道了一些事情；比如说，这个伯父似乎并不是佐知子的血亲，而是她丈夫那边的亲戚；佐知子是在到他家来的几个月前才知道他的。这个伯父很有钱，他的房子不是一般的大——而且就只住着他、他女儿和一个女佣——所以足以腾出空间来让佐知子和她的小女儿住。其实佐知子不只一次地说到那所房子大部分都是空的，静悄悄的。

我对这个伯父的女儿特别好奇。据我所知，她与佐知子年纪相仿，没有结婚。佐知子很少提起她的表姐，可是我清楚地记得那时的一次交谈。当时我认为佐知子之所以迟迟不回她伯父家去是因为她和她的表姐不和。那天早上我一定是试探着跟佐知子说起这个，因而打开了她的话匣子，佐知子很少直说她在她伯父家里的生活，那次是少有的几次之一。那次交谈如今仍历历在目：那是八月中旬的一个没有风的、干燥的早上，我们站在山顶的桥上等进城的电车。我不记得那天我们是要去哪里，也不记得是在哪里离开万里子的——我记得孩子没有和我们在一起。佐知子看着远处的风景，举起一只手来挡着脸，遮住太阳。

"我搞不懂，悦子，"她说，"你怎么会有这种想法。恰恰相反，安子和我是最好的朋友，我也很想再见到她。我真不明白你怎么会想得刚好相反，悦子。"

"对不起，我一定是弄错了，"我说。"不知怎么的，我觉得你不大想回那里去。"

"没有的事,悦子。我们刚认识时,确实是,那时我正在考虑其他的可能性。可是一个母亲应该考虑出现的、给孩子的各种机会,难道应该为此受到责备吗?只是有一阵子,我们似乎有一个不错的选择。但是进一步考虑之后,我放弃了。事情就是这样,悦子,现在我对这些计划都没有兴趣了。我很高兴事情有了最好的结局,现在我盼着回到我伯父家去。至于安子,我们都十分尊敬对方。我不明白是什么让你有相反的想法,悦子。"

"真的很抱歉。我只是记得有一次你提到了吵架什么的。"

"吵架?"她看了我一会儿,然后脸上露出了笑容。"哦,我知道你指什么了。不,悦子,那不是吵架。那只是小小的口角。为了什么来着?你瞧,我都不记得是为了什么事了,太小的事了。哦对了,没错,我们在争谁来准备晚饭。对,没错,就为了这个。你瞧,悦子,那时我们轮流做饭。女佣做一个晚上,再来是我表姐,然后轮到我。一天轮到女佣做饭,她却病了,安子和我两个人都争着要做。你千万别误会,悦子,我们通常相处得很好。只是当你老是见到同一个人、见不到别人时,有时难免会有摩擦。"

"是的,我很理解。对不起,我误会了。"

"要知道,悦子,当有女佣帮你做所有的杂事时,时间就过得出奇的慢。安子和我都找些这样、那样的事来做,可是整天除了坐着聊天以外实在是没什么好做的。那几个月，我们一起坐在那所房子里，几乎见不到什么外人。我们没有真的吵起来真是奇迹。也许吧，我的意思是。"

"是的，确实如此。之前是我误会您了。"

"是啊，悦子，恐怕你是误会了。我记得这件事只是因为这是在我们离开之前不久发生的，从那以后我就再也没有见过我的表姐了。不过说那是吵架还真是好笑。"她笑了笑。"其实，我想安子要是想起这件事也会笑出来的。"

也许就是在那天早上我们决定在佐知子离开前，要找一天一起去哪里走走。而事实上，不久之后的一个炎热的下午，我陪佐知子母女去了稻佐山。稻佐山是长崎的山区，俯视港口，山上的景色很有名；稻佐山离我们住的地方不远——其实我从公寓的窗口看见的就是稻佐山——可是那时候，我极少外出，去稻佐山就成了一次远足。我记得那时我盼了好几天；我想这是我那些日子的美好回忆之一。

我们在下午最热的时候坐渡船到稻佐山去。港口的嘈杂声跟随着我们的船——铁锤的叮当声，机器的轰鸣声，时不时传来的低沉的船的汽笛声——在那个时候的长崎，这些声音可不是什么噪声；它们是重建的声音，当时仍然可以振奋人心。

到了对岸,那里的海风比较大,天气没有那么闷热了。我们坐在缆车站空地的长椅上,仍旧可以听到风传来的港口的声音。凉风习习,空地上还有难得的遮阳的地方,我们心里更加感激;这里只不过是一块水泥空地——那天空地上大多是母亲带着孩子——像个学校的操场。空地的一边,在一排旋转栅门后是缆车靠站的木站台。有好一会儿,我们坐在那里出神地看着缆车上上下下;一辆缆车慢慢地向山上升去,渐渐地变成空中的一个小点,而另一辆则越来越低,越来越大,最后停在站台上。栅门旁的小屋里,一个男的在控制一些操作杆;他戴着一顶帽子,每次缆车安全地停下来以后,他都要探出身来和围过来看的孩子们聊天。

我们决定坐缆车到山顶去,由此那天第一次遇见了那个美国女人。佐知子和女儿去买票,我一个人坐在长椅上。突然我注意到空地的另一头有个卖糖果和玩具的小摊。我想说不定可以买糖给万里子,就站起来走过去。两个孩子在我前面,争吵着要买什么。我等着他们,发现玩具里有一副塑料双筒望远镜。那两个孩子还在吵,我回头看了一眼空地。佐知子和万里子还站在栅门旁;佐知子好像在和两个女人讲话。

"您要什么,夫人?"

孩子们走了。小摊后站着一个穿着整洁的夏季制服的小伙子。

"我能试试这个吗？"我指了指双筒望远镜。

"当然可以，夫人。虽然只是玩具，但是能看得挺远的。"

我举起望远镜，抬头看山坡；望远镜居然能看得很清楚。我转向空地，发现佐知子母女在镜头里。佐知子今天穿着一件浅色和服，系着一条精致的腰带——我想那腰带是特殊场合才拿出来系的——她的姿态在人群里很优雅。她还在和那两个女人讲话，其中一个像是外国人。

"又是一个大热天啊，夫人，"我递给小伙子钱时他说。"你们要坐缆车吗？"

"我们正要去坐。"

"上面的风景很棒。山顶上那个是我们建的电视塔。到了明年，缆车就能直通那里了，直通山顶。"

"太好了。祝你今天过得愉快。"

"谢谢您，夫人。"

我拿着双筒望远镜走回去。虽然那时我并不懂英语，但是我马上猜到那个外国女人是美国人。她很高，一头红色的波浪发，戴着一副边角往上翘的眼镜。她在大声跟佐知子说话。看见佐知子那么自如地用英语回答她我很是吃惊。另外一个女人是日本人；胖胖的，四十岁上下，身边有个八九岁的敦实的小男孩。我走过去，向他们鞠躬问好，然后把双筒望远镜递给万里子。

"只是个玩具,"我说。"不过可以看见不少东西。"

万里子打开包装,认真地研究望远镜。她举起望远镜,先是看看空地,然后抬头看山坡。

"说谢谢,万里子,"佐知子说。

万里子只顾着看。然后她放下望远镜,把塑料绳套到脖子上。

"谢谢悦子阿姨,"她有点不情愿地说。

那个美国女人指着望远镜,用英语说了什么,笑了。双筒望远镜同样引起了那个敦实的小男孩的注意。他原本在看着山坡和下降的缆车,现在走近万里子,眼睛盯着望远镜。

"太谢谢了,悦子,"佐知子说。

"没什么。只是一个玩具。"

缆车到了,我们走过栅门,走上凹下去的木板。好像除了我们以外,那两个女人和那个男孩便是仅有的乘客了。戴帽子的男人走出他的小屋,引领我们一个个走进缆车。车厢里光秃秃的,就是个金属壳子。四面都有大窗户,两面长的墙壁下各有一条长椅。

缆车没有马上开动,而是在站台上停留了几分钟,那个敦实的小男孩开始不耐烦地走来走去。在我身边,万里子跪在长椅上看窗外。从我们这边的窗户可以看见空地和聚集在栅门旁的小观众们。万里子像是在测试望远镜的性能,一会儿把望远镜拿到眼前，一会儿又拿开。这时，敦实的小男孩走过来，也跪在她旁边的椅子上。一开始两个孩子谁也没有理谁。最后，那个男孩说：

"现在我要看。"说着伸手去要望远镜。万里子冷冷地看着他。

"阿明，不能这样要东西，"他妈妈说。"好好地跟小姐姐要。"

小男孩把手拿开，看着万里子。万里子回瞪着他。小男孩转身走到另一边的窗户去。

缆车启动了，栅门旁的孩子们朝我们挥手。我本能地抓住窗户旁的铁栏杆，那个美国女人紧张地叫了一声，笑了。空地越变越小，接着，山坡在我们底下移动；我们渐渐升高，缆车轻轻地摇晃着；有一会儿，树顶像是擦着窗户，突然我们的脚下空了，出现了一个巨大的山壑，我们悬在空中了。佐知子轻轻地笑了笑，指了指窗外的什么东西。万里子又拿起望远镜看。

缆车到了终点，我们小心翼翼地一个接一个出来，像是不能肯定自己已经到了坚实的地面。上面的这个站台没有水泥地，走出木地板就是一小片草地。除了引导我们出站台的穿着制服的男人以外，看不见其他人。草地后立着几张野餐用的木桌，几乎掩映在松树林里。草地的这边，我们下车的地方，有一道铁栅栏围住悬崖。我们大致搞清楚所在的方位后就走到栅栏边去看缓缓向下的山坡。过了一会儿，那两个女人和那个男孩也走了过来。

"太壮观了，不是吗？"那个日本女人对我说。"我带我的朋友饱览风光。她以前没来过日本。"

"这样啊。我希望她在这里玩得开心。"

"我希望如此。可惜我的英语说得不好。你的朋友说得比我好多了。"

"是啊,她说得很好。"

我们俩都看了一眼佐知子。她和那个美国女人又用英语聊开了。

"受到这么好的教育真好,"日本女人对我说。"好了,祝你们今天全都玩得愉快。"

我们互相鞠了鞠躬,日本女人朝她的美国客人招了招手,示意他们该走了。

"我能看一下吗?"敦实的小男孩生气地问,再次伸出手去。万里子像在缆车里那样盯着他。

"我想看,"小男孩说得更凶了。

"阿明,记住好好地跟小姐姐要。"

"求你!我想看。"

万里子又看了他一小会儿,才把塑料绳从脖子上拿下来,把望远镜递给小男孩。男孩举起望远镜朝栅栏那边看去。

"这个一点都不好,"他看了好一会儿后跟他妈妈说道。"没有我的那个好。妈妈,你看,都看不清楚那边的树。你看啊。"

他要把望远镜给他妈妈。万里子伸出手去拿,可是男孩一把闪开,又递给他妈妈。

"你看啊,妈妈。都看不见那边的树,近处的那些。"

"阿明,把望远镜还给小姐姐。"

"这个没有我的那个好。"

"好了,阿明,这么说话没有礼貌。你知道不是每个人都像你这么幸运。"

万里子伸手去拿望远镜,这次男孩放手了。

"跟小姐姐说谢谢,"他妈妈说。

小男孩什么也没说就走开了。他妈妈笑了笑。

"谢谢你,"她对万里子说。"你真好。"接着她又依次对佐知子和我笑了笑。"景色很漂亮,不是吗?"她说。"祝愿你们今天玩得愉快。"

山路上满是松针,沿着山坡蜿蜒而上。我们慢慢地走,时不时停下来休息。万里子很安静,而且——让我很意外——一点都没有要淘气的样子,只是奇怪不愿意跟她妈妈和我走在一起。她一会儿落在后面,让我们担心地回过头去看;一会儿又跑过去,走在前头。

在我们从缆车上下来约一个小时以后,我们第二次遇到那个美国女人。她和她的同伴正从山上下来，认出了我们，高兴地打招呼。胖胖的小男孩走在她们后面，没有跟我们打招呼。美国女人走过去时用英语跟佐知子说了什么，听了佐知子的回答以后笑了起来。她好像想停下来交谈，可是日本女人跟她儿子没有停下脚步；美国女人挥挥手，继续往前走。

当我称赞佐知子的英语时，她笑了笑，没说什么。我注意到这次偶遇在她身上产生了奇怪的效应。她变得很安静，边走边陷入了沉思。当万里子又冲到前面去时，她对我说：

"我父亲是个很受人尊敬的人，悦子。德高望重。可是他的海外关系差点毁了我的婚事。"她微微一笑，摇了摇头说，"真奇怪，悦子。现在这些都恍若隔世。"

"是啊，"我说。"一切都大变样了。"

山路转了一个大弯，又是上坡。树木变少了，突然在我们周围天空豁然开朗。前头，万里子叫了起来，指着什么东西，然后兴冲冲地往前跑去。

"我很少见到我父亲，"佐知子说。"他大部分时间都在国外，在欧洲和美国。我小时候曾经梦想有一天我会去美国，去那里变成电影明星。我妈妈笑话我，可是爸爸说我要是把英语学好了，就能很容易地成为一个女商人。我以前很喜欢学英语。"

万里子在一个像是平地的地方停下来，又朝我们不知道喊了什么。

"我记得有一次,"佐知子接着说,"我父亲从美国带了一本书给我,英文版的《圣诞颂歌》。它成了我的目标,悦子。我想学好英语,看懂那本书。可惜没有机会实现。结婚以后,我丈夫不准我继续学。事实上,他让我把那本书扔掉。"

"太可惜了,"我说。

"我丈夫就是这样,悦子。很严厉,很爱国。他从来不是一个体谅别人的人。但是他的家庭出身很好,我父母觉得门当户对。他禁止我学英语时我没有反对。毕竟没有意义了。"

我们走到万里子站的地方;小路的边上有一块突出去的四方形平地,周围围着几块大石头。一根倒下来的巨大树干表面被刨光、弄平,做成长椅。佐知子和我坐下来歇口气。

"别太靠近边上,万里子,"佐知子喊道。小女孩已经走到大石头那里去,拿起望远镜看。

坐在山的边缘俯视这番景色,我有一种忐忑不安的心情;在我们底下很远的地方可以看见港口,像个掉在水里的精密的机器零部件。港口过去,对岸是通向长崎的群山。山脚下房屋密布,高高低低。远处右手边是港口的入海口。

我们在那里稍坐片刻,歇口气、吹吹风。这时我说道:

"你不会想到这里曾经发生的一切,不是吗?一切看上去是那么生机勃勃。可是下面那一整片"——我朝底下的景色挥了挥手——"那一整片在炸弹掉下来的时候受了多么严重的打击。可是看看现在。"

佐知子点点头,然后笑着转向我,说:"你今天心情真不错啊,悦子。"

"到这里来走走真是太好了。我决定从今往后要乐观。我以后一定要过得幸福。藤原太太一直对我说往前看是多么重要。她是对的。假设人们没有往前看,那么这里"——我又指了指底下的景色——"这里就都还是废墟一片。"

佐知子又笑了。"是啊,你说得对,悦子。这里就都还是废墟一片。"说完,她又回头看着下面的风景。过了一会儿她说:"对了,悦子,你的朋友,藤原太太,我想她在战争中失去了她的家人是吧。"

我点点头。"以前她有五个孩子。她丈夫还是长崎的重要人物。炸弹掉下来的时候,除了大儿子以外都死了。她一定受了很大的打击,可是她还一直坚持。"

"是啊,"佐知子慢慢地点着头,说,"我猜有这类事情。那她一直都是开面馆的吗?"

"没有,当然没有了。她丈夫是个要人。是后来,她失去了一切以后才有面馆的。每次我看见她,都对自己说:我应该像她那样,我应该往前看。因为从很多方面来说,她失去的比我多。毕竟看看我现在。我要开始组建自己的家庭了。"

"是啊,你说得太对了。"风吹乱了佐知子梳得整整齐齐的头发。她捋了一下头发,然后深深地吸了一口气,"你说得太对了,悦子,我们不应该老想着过去。战争毁了我的很多东西,可是我还有我的女儿。正如你说的,我们应该往前看。"

"你知道吗,"我说,"我是最近几天才认真地想这件事的。我是指为人父母。现在我没有那么害怕了。我要高高兴兴地迎接它。从今往后我要乐观。"

"你就应该这样,悦子。毕竟你还有很多盼头。其实你很快就会发现,是做母亲让生活变得真正有意义。住在我伯父家里闷了点又有什么关系呢?我只要给我女儿最好的。我们要给她请最好的家庭教师,她很快就会把功课赶上。正如你说的,悦子,我们必须对生活乐观。"

"你这么想我真高兴,"我说。"我们俩真的都应该心存感激。我们也许在战争中失去了很多,但是还有那么多盼头。"

"是啊,悦子。还有很多盼头。"

万里子走过来,站在我们面前。也许她听见了我们的一些谈话,因为她对我说:

"我们又要和安子阿姨一起住了。妈妈有没有告诉你?"

"有,"我说,"她告诉我了。你很想再回到那里去住吗,万里子?"

"现在我们可以留着小猫了,"小女孩说。"安子阿姨的房子很大。"

"这件事还要再看,万里子,"佐知子说。

万里子看了她妈妈一会儿,然后说:"可是安子阿姨喜欢猫。再说,反正圆圆本来就是我们从她那里拿过来的。所以那些小猫也是她的。"

"是没错,万里子,可是我们还得看看。我们得看看安子阿姨的爸爸怎么说。"

小女孩生气地看了她妈妈一眼,然后又转向我,表情严肃地说:"我们可以留着小猫。"

下午快过去的时候,我们回到了下缆车时的空旷地。我们的午餐盒里还有一些饼干和巧克力,我们就在一张野餐桌上坐下,吃了起来。空地的那头,一些人站在铁栏杆旁,等下山的缆车。

我们坐了几分钟,突然听见有人叫我们。那个美国女人大踏步地从空地的那头走过来,笑容满脸。她一屁股坐下,一点儿也没有觉得不好意思,朝我们一个个笑了笑之后就跟佐知子说起英语来。我想她很高兴有机会交谈,而不是用手比划。我朝周围看了看，果然看见那个日本女人就在附近，在给她儿子穿外套。她不是很想跟我们一起的样子，但最后还是微笑地走过来。她在我对面坐下，她儿子坐在她身旁，这时我发现母子俩的体型很像，都是圆圆胖胖的；最明显的是两个人的脸颊都有垂肉，有点像斗牛犬。美国女人一直高声地跟佐知子讲个不停。

在陌生人到来之前，万里子已经打开她的素描本，开始画画。胖脸女人跟我寒暄过后转向小女孩。

"你今天玩得开心吗？"她问万里子。"这上面很漂亮，不是吗？"

万里子仍旧低着头画画。可是女人一点儿也没有在意。

"你在画什么呢？"她问。"很漂亮的样子。"

这次万里子停了下来，冷冷地看着日本女人。

"很漂亮的样子。可以让我们看看吗？"女人伸手拿过素描本。"是不是很漂亮，阿明？"她对她儿子说。"小姐姐是不是很聪明？"

男孩趴到桌子上来，好看得清楚些。他饶有兴趣地看着万里子的画，但是没说什么。

"真是漂亮。"女人翻着素描本。"这些都是今天画的吗？"

一开始万里子没有答话。但过了一会儿，她说道："这些蜡笔是新的。今天早上才买的。新蜡笔比较不好画。"

"这样啊。是啊,新蜡笔比较不好画,不是吗?阿明也画画,是不是,阿明?"

"画画很简单,"男孩说。

"这些小画是不是很漂亮,阿明?"

万里子指着翻开的那一页,说:"我不喜欢这一张。蜡笔还磨得不够。下面一张比较好。"

"哦是啊。这张真漂亮!"

"这张是在港口画的,"万里子说。"可是那里又吵又热,所以我匆匆忙忙地画的。"

"可是画得很好。你喜欢画画吗?"

"喜欢。"

佐知子和美国女人也都转过来看素描本。美国女人指着上面的画,大声地用日语说了好几次"太棒了"。

"这是什么?"胖脸女人又问道。"是蝴蝶啊!把蝴蝶画这么好一定很不容易吧。蝴蝶不会一直呆着不动。"

"我记得它的样子,"万里子说。"我之前看见一只。"

女人点点头,然后转向佐知子。"你女儿真聪明。我想一个小孩会用记忆和想象是很值得表扬的。这个年纪的很多孩子都只会照着书上的画。"

"是啊,"佐知子说。"我想是这样。"

佐知子的语气里带着轻蔑,让我很是惊讶,因为她一直在极其友好地跟美国女人说话。敦实的男孩趴得更近了些,用手指指着画页。

"那些船太大了,"他说。"如果那个是树的话,那船应该要画得小很多。"

他妈妈想了想,说:"啊,也许。可这幅画还是很漂亮。你不觉得吗,阿明?"

"船画得太大了,"男孩说。

女人笑了笑。"你可千万别生阿明的气,"她对佐知子说。"你瞧,他有一个非常优秀的美术家庭教师,所以他明显比大部分同龄的孩子在这些方面更有眼力。你女儿有教画画的家庭教师吗?"

"没有。"佐知子的语气仍旧很冷淡。可是那个女人丝毫没有察觉。

"请人来教画画根本不是什么坏主意,"她接着说。"我丈夫一开始不同意。他觉得阿明有数学和科学的家庭教师就够了。但是我认为画画也很重要。孩子应该从小培养他的想象力。学校的老师也同意我的看法。可是他学得最好的是数学。我认为数学很重要,你说呢?"

"是,确实,"佐知子说。"我相信数学很有用。"

"数学能提高孩子的智力。你会发现大多数数学学得好的孩子其他方面也都很好。关于请数学老师我丈夫和我没有异议。结果很值得。去年，阿明在班上一直是第三、第四名，可今年一直是第一。"

"数学很简单，"男孩说道。接着他问万里子："你会九九乘法表吗？"

他妈妈又笑了。"我猜这个小姑娘一定也很聪明。从她的画就能看出来。"

"数学很简单，"男孩再次说道。"九九乘法表简单得不得了。"

"是啊，阿明已经会整张乘法表了。很多同龄的孩子只会算到三或四。阿明，九乘以五得多少？"

"九五四十五！"

"那九乘以九呢？"

"九九八十一！"

美国女人问了佐知子什么，佐知子点点头，美国女人就拍了拍手，又用日语说了几次"太棒了"。

"你女儿看来很聪明，"胖脸女人对佐知子说。"她喜欢上学吗？阿明几乎喜欢学校里的所有科目。除了数学和画图，他的地理也很好。我的这位朋友很惊讶地发现阿明知道美国所有大城市的名字。是不是，苏西小姐？"女人转向她的朋友，说了几个结结巴巴的英语单词。美国女人没听懂,但是朝男孩赞许地笑了笑。

"可阿明最喜欢的科目是数学。是不是,阿明?"

"数学很简单!"

"这个小姑娘最喜欢的科目是什么呢?"女人再次转向万里子,问道。

万里子没有马上回答。过了一会儿,她说:"我也喜欢数学。"

"你也喜欢数学。太好了。"

"那九乘以六是多少?"男孩生气地问她。

"孩子喜欢学校的功课真是太好了,不是吗?"他妈妈说。

"快点啊,九乘以六是多少?"

我问:"阿明君长大以后想做什么?"

"阿明,告诉这位阿姨你长大以后想当什么。"

"三菱公司的董事长!"

"他爸爸的公司,"他母亲解释道。"阿明已经下定决心了。"

"是,我知道了,"我笑着说。"多好啊。"

"你爸爸在哪里工作?"男孩问万里子。

"好了,阿明,别问东问西的,没有礼貌。"女人又转向佐知子。"很多同龄的男孩子都还只会说想当警察啊、消防员啊。可是阿明很小的时候就想到三菱工作了。"

"你爸爸在哪里工作?"男孩又问了一次。这次他妈妈没有阻止他，而是好奇地看着万里子。

"他是动物园里的饲养员，"万里子说。

一时间没有人说话。奇怪的是，万里子的回答似乎挫了男孩的锐气，他阴沉着脸坐回椅子上。这时，他母亲有点不知所措地说：

"多有意思的职业啊。我们都很喜欢动物。你丈夫的动物园在这附近吗？"

佐知子还没来得及回答，万里子就窸窸窣窣地爬下椅子，一声不响地朝附近的树丛走去。我们都看着她。

"她是你最大的孩子吗？"女人问佐知子。

"我只有一个。"

"哦，这样。这也不是什么坏事。独生子女更独立。而且我想独生子女通常也更刻苦。我们这个"——她把手放到男孩的头上——"和老大相差六岁。"

美国女人惊呼一声，拍起手来。万里子正稳稳地爬上树枝。胖脸女人在座位上转过身去，担心地看着万里子。

"你女儿真像个假小子，"她说。

美国女人开心地重复了一遍"假小子"，又拍起手来。

"这样安全吗？"胖脸女人问。"她可能会掉下来。"

佐知子笑了笑，对那个女人的态度突然变得热情得多。"你不习惯孩子爬树吗?"她问。

胖脸女人仍旧担心地看着万里子。"你肯定这样安全吗?树枝可能会断掉。"

佐知子笑了一声。"我肯定我女儿知道自己在做什么。谢谢你的关心。你真好心。"说着优雅地鞠了一躬。这时美国女人跟佐知子说了什么,她们俩又用英语聊开了。胖脸女人把视线从树上收回来。

"请千万别怪我多管闲事,"她一只手搭在我的胳膊上,说,"可是我忍不住注意到,这是你的第一胎吧?"

"是的,"我笑着说。"预产期在秋天。"

"多好啊。对了,你丈夫也是饲养员吗?"

"哦,不是。他在电器公司工作。"

"真的?"

胖脸女人开始给我一些照顾婴儿方面的建议。这时,我越过她的肩膀看见男孩离开桌子,朝万里子爬的树走去。

"应该让孩子多听好的音乐,"女人说。"我肯定效果很明显。孩子从一开始就应该听好音乐。"

"是的,我很喜欢音乐。"

男孩站在树下,抬头困惑地看着万里子。

"我们大儿子的音乐鉴赏力没有阿明好,"女人接着说。"我丈夫说是因为他很小的时候没有听够多的好音乐,我认为他说得对。那时的广播放了太多的军乐。我确信一点儿好处都没有。"

胖脸女人说话时,我看见男孩试着在树干上找一个踏脚的地方。万里子爬下来一些,像是在教他。在我身旁,美国女人一直大笑不停,时不时蹦出几个日语单词。男孩终于成功地离开地面;他一只脚踩在树缝里,双手紧紧握住一根树枝。虽然离地面只有几厘米,但他看上去很紧张。很难说万里子是不是故意的,只是万里子在下来时,狠狠地踩在了男孩的手指上。男孩尖叫一声,笨重地摔了下来。

他母亲惊恐地转过头去。佐知子和美国女人不知道发生了什么,也都看了过来。男孩侧躺在地上,号啕大哭。他母亲赶忙跑过去,跪下去检查他的腿。男孩不停地哭。空地那头等缆车的乘客都往这边看。大约一分钟以后,男孩呜咽着被他妈妈带回桌子这边。

"爬树很危险,"女人生气地说。

"他摔得不重,"我安慰她说。"他根本没有爬多高。"

"他可能摔断骨头。我想应该阻止孩子爬树。爬树太愚蠢了。"

"她踢我,"男孩哭着说。"她把我从树上踢下来。她要杀我。"

"她踢你? 小姑娘踢你?"

我看见佐知子瞪了她女儿一眼。万里子又爬到高高的树上去了。

"她要杀我。"

"小姑娘踢你?"

"你儿子只是脚踩滑了,"我赶紧插嘴说。"我都看见了。他根本没摔着。"

"她踢我。她要杀我。"

女人也转过头去看那棵树。

"他只是脚踩滑了,"我重复道。

"你不应该做这种蠢事,阿明,"女人生气地说。"爬树很危险。"

"她要杀我。"

"你不准再爬树。"

男孩继续抽泣着。

比起英国,日本城市里的旅馆、茶馆、商店似乎更加喜欢夜幕降临;天还没黑,窗户上的灯笼、门口的霓虹招牌早早就亮了起来。那天傍晚,当我们重新走上长崎的街道时,已经灯火通明了;我们快傍晚时离开稻佐山,在浜屋百货公司里的美食街吃了晚饭。晚饭后,我们还不想回去,在巷子里慢慢地溜达,并不急着去电车站。我记得那时的年轻情侣流行在街上手牵手——我和二郎从来没有过——我们一路走着,看见很多这样的情侣在寻找晚上的娱乐。夏季傍晚的天空变成了浅紫色。

路旁有很多卖鱼的小摊,傍晚的这个时候,渔船都回港了,你经常能看到肩上扛着满满一箱刚打上来的鱼的男人穿梭在拥挤的巷子里。就是在这样一条有很多垃圾和悠闲漫步者的巷子里,我们遇到了那个抓阄儿的小摊。我从来不去那种小摊凑热闹,在英国也没有那种小摊——也许集市里有——所以要不是想起那个傍晚,我可能已经不记得那种东西了。

我们站在人群后面看。一个女人抱着一个两三岁的小男孩;台上,一个绑着头巾的男人弯下腰来,好让男孩能够到碗。小男孩好不容易从碗里抽出一个签来,却似乎不知道该怎么办。他把签捏在手里,茫然地看着周围的一张张笑脸。绑着头巾的男人把腰弯得更低,对小男孩说了什么,惹得旁边的人想笑。最后,母亲把孩子放下来,拿过他手里的签,递给那个男人。小男孩抽中了一支口红,女人笑着收下了。

万里子踮起脚尖看小摊的后面摆着些什么奖品。突然她转向佐知子,说:"我要抽一次签。"

"这纯粹是浪费钱,万里子。"

"我要抽一次签。"她显得很急迫,真让人奇怪。"我想试试这个抓阄儿。"

"给你,万里子。"我递给她一个硬币。

她有点吃惊地转向我,然后接过硬币,挤到人群的前面去。

又有几个人试了试手气；一个女人抽中一块糖果，一个中年男子抽中一个橡皮球。接着轮到万里子。

"好了，小妹妹，"——男人慢慢地摇了摇碗——"闭上眼睛，努力地想那边的那只大熊。"

"我不要熊，"万里子说。

男人做了个鬼脸，大家都笑了。"你不要那只大毛绒熊？好，好，小妹妹，那你要什么呢？"

万里子指着小摊的后面，说："那个篮子。"

"那个篮子？"男人耸了耸肩。"好吧，小妹妹，紧紧地闭上眼睛，想着你的篮子。准备好了吗？"

万里子抽中了一个花盆。她回到我们站的地方，把奖品递给我。

"你不想要吗？"我问。"你抽中的。"

"我要那个篮子。小猫们现在需要有自己的篮子。"

"好了，别在意。"

万里子转向她妈妈。"我想再试一次。"

佐知子叹了口气。"天晚了。"

"我想再试一次。就一次。"

万里子再次挤到台子那去。我们等她时，佐知子转向我，说："真奇怪，我对她的印象不是那样的。我指你的朋友，藤原太太。"

"哦?"

佐知子侧过头去看了看抓阄儿的人群,说:"不,悦子,恐怕我的看法跟你不一样。我的印象是你的朋友已经一无所有了。"

"不是的,"我说。

"哦?那她还有什么指望呢,悦子?她靠什么活下去呢?"

"她有一家店。虽然不大,但是对她来说很重要。"

"她的店?"

"还有她的儿子,事业正蒸蒸日上。"

佐知子又转过头去看着小摊。"对,我想是这样,"她疲惫地笑了笑说。"我想她还有她的儿子。"

这次万里子抽中一支铅笔,生气地走回来。我们要走了,可万里子还在看着抓阄儿的小摊。

"走了,"佐知子说。"悦子阿姨要回家了。"

"我想再试一次。就一次。"

佐知子不耐烦地叹了口气,然后看看我。我耸耸肩,笑了笑。

"好吧,"佐知子说。"再试一次。"

又有几个人抽中奖品。有一次一个年轻女子抽中一个粉饼盒,大家觉得这个奖品太适合她了,鼓了鼓掌。看见万里子第三次出现,绑着头巾的男人又做了一个鬼脸。

"啊,小妹妹,又回来了!还想要那个篮子?你不觉得那只大毛绒熊更好吗?"

万里子没有回答,默默地等着男人把碗递给她。万里子抽出一支,男人仔细地看了看,然后瞥了一眼身后放奖品的地方,又仔细地看了一次万里子的签,最后终于点点头。

"你没有抽中篮子。不过你抽中了———一个大奖!"

四周响起笑声和掌声。男人走到小摊的后面,拿来一个像是只大木盒子的东西。

"给你妈妈装菜!"他说——不是对万里子,而是对人群——并把奖品展示了一小会儿。我身旁的佐知子笑了出来,跟着鼓起掌来。大家让开一条路让万里子拿着奖品出来。

我们离开人群时佐知子还在笑,笑得流出了泪珠儿;她擦了擦眼睛,然后看着那个盒子。

"真是个怪模怪样的东西,"她一面递给我,一面说。

那盒子跟装橙子的盒子一般大,异常的轻;木头很光滑,但没有上漆,盒子的一侧有两块铁丝网做的滑板。

"也许会很有用,"我打开其中一个滑板说。

"我抽中了大奖,"万里子说。

"是,干得好,"佐知子说。

"我有一次抽中过一件和服,"万里子对我说。"在东京,我有一次抽中过一件和服。"

"啊,你又抽中了。"

"悦子,能帮我拿一下包吗?我好把这个东西带回去。"

"我抽中了大奖,"万里子说。

"是,你做得太好了,"她妈妈轻声笑着说。

我们离开抓阄儿的小摊。街上丢着废报纸和各种垃圾。

"小猫们可以住在里面,不是吗?"万里子说。"我们可以在里面放些垫子,就成了它们的家了。"

佐知子不确定地看着怀里的盒子。"我不知道它们会不会喜欢这东西。"

"盒子可以做它们的家。我们要搬到安子阿姨家去时,可以把它们放在里面。"

佐知子疲惫地笑了笑。

"可以吧,妈妈?我们可以把小猫们放在里面。"

"是,我想可以,"佐知子说。"是,好。我们到时把小猫们放在里面。"

"这么说我们可以留着小猫咯?"

"对,我们可以留着小猫。我想安子阿姨的父亲不会反对。"

万里子往前跑了一段,等着我们。

"那么我们再也不用帮它们找家了?"

"对,现在不用了。我们要搬到安子阿姨家去,所以我们可以留着小猫。"

"那我们不用帮它们找主人了。我们可以把它们全留着。我们可以把它们放在盒子里,对不对,妈妈?"

"对,"佐知子说,把头向后一仰,又笑了起来。

我经常想起那天晚上回家的电车上万里子的脸。她看着窗外,额头贴在玻璃上;男孩子气的脸,被窗外不断闪过的流光溢彩照亮。万里子一路上都没有说话,佐知子和我也说得不多。我记得她问了我说:

"你丈夫会不会生气?"

"很可能,"我微微一笑,说。"不过昨天我已经告诉他我可能会晚回。"

"今天玩得真开心。"

"是啊。二郎只能坐着生气。我今天玩得很开心。"

"我们以后一定要再出来玩,悦子。"

"是啊,一定。"

"我们搬家以后你要记得来看我。"

"会,我会记得。"

之后我们就没有说话了。不久,电车减速准备靠站,我感到佐知子突然吓了一跳。她看着下客门，那里站着两三个人。其中一个女人在看着万里子。女人三十岁上下，消瘦的脸，疲惫的神情。她很可能只是无意地看着万里子，要不是因为佐知子的反应，我想我不会觉得有什么不对劲。万里子一直在看着窗外，没有注意到那个女人。

女人注意到佐知子在看她，就转了过去。电车靠站了，门开了，女人下了车。

"你认识那个人？"我轻声问。

佐知子笑了笑。"不，我认错了。"

"你把她当作别人了？"

"就一小会儿工夫。其实一点都不像。"她又笑了一声，然后瞧瞧外面，看我们到哪了。

第八章

回想起来,那年夏天,绪方先生跟我们待在一起那么久的用意很明显。知子莫若父,他一定已经猜到二郎要怎么处理松田重夫那篇登在杂志上的文章惹出的事情;我丈夫只是在等绪方先生回福冈,这件事就会被忘掉。而他可以继续欣然同意:这种侮辱家族名声的事应该迅速地、坚决地予以回应;这件事不仅是他父亲关心的,也是他关心的;他一有时间就会给他的老同学写信。现在回想起来,这就是二郎面对可能的尴尬局面时的一贯做法。如果多年之后,他在面对另一场危机时不是采取同一种态度,我也许不会离开长崎。但这是后话了。

我在前面已经讲了有天晚上,我丈夫的两个喝得醉醺醺的同事来到家里,打断了他和绪方先生下棋。那晚我铺床时,很想就松田重夫的整件事情和二郎谈谈;我并不希望二郎违心地写这封信,但我越来越强烈地希望他能把他的立场更清楚地告诉他父亲。但结果,那晚,和前几次一样,我最终没有说出口。一来,我丈夫会觉得对这件事情我不应该说话；二来，晚上的那个时候，二郎总是很累，和他说话只会让他不耐烦。总之，我们夫妇间从不开口讨论这样的事情。

第二天，绪方先生一整天都待在公寓里，时不时研究那盘棋，他告诉我说，昨天晚上棋下到关键时候被打断了。到了晚上，晚饭后约一小时，他又把棋盘拿出来，开始研究棋子。忽然，他抬起头来对我丈夫说：

"那么，二郎，明天就是大日子啦。"

二郎把眼睛从报纸上移开，笑了笑，说："没什么大不了的。"

"胡说。明天可是你的大日子。当然了，为公司尽全力是你的本分，但要我说，不管明天结果如何，这件事本身就很了不起。你的资历不深，就能叫你代表公司，这事在今天，也是很少见的。"

二郎耸了耸肩。"是不多见。当然了，即使明天进行得异常顺利，也并不保证我能获得提升。可是我想经理应该会对我今年的业绩感到满意。"

"要我说，大家都觉得他对你很有信心。你觉得明天会怎么样？"

"我当然希望一切顺利。现阶段需要参与各方通力合作。这只是为秋天的正式谈判做准备。没什么特别的。"

"我们就等着瞧吧。现在,二郎,我们把这盘棋下完怎么样?我们已经下了三天了。"

"哦,对了,下棋。当然了,爸爸,您知道不管明天我多成功,都不一定保证我能获得提升。"

"我当然知道了,二郎。我自己也是从残酷的职场竞争中过来的。我再清楚不过了。有时那些哪方面都比不上你的人却被选中了。但你不能让这些事妨碍你。你只要坚持,最后一定会成功。现在,把棋下完吧。"

我丈夫瞥了一眼棋盘,却没有要上前去的意思。"我没记错的话,您快赢了。"他说。

"局面是对你不利,可是是有办法化解的。记得吗,二郎,我第一次教你下棋时,是怎么一直警告你不要太早出车的?你现在还是犯同样的错误。看出来了吗?"

"车,是啊。您说得对。"

"还有,顺便说一下,二郎,我想你下棋前没有先想好步子,是吧?记不记得以前我是怎么费老大劲教你至少要先想好三步?可是我想你没有。"

"先想三步?不,我没有。我不像您那么会下棋,爸爸。反正我想您已经赢了。"

"其实,二郎,这盘棋你老早就没有先想好步子,真叫人心痛。我告诉过你多少次？一个好棋手得想好了再走棋，至少要先想好三步。"

"对，我想是这样。"

"比如说，你为什么要把马走到这里来？二郎，看过来，你连看都没看。记得你为什么要把这个走到这里来吗？"

二郎瞥了一眼棋盘。"说实话，我不记得了，"他说，"那时可能很有理由应该那么走。"

"很有理由？胡说八道，二郎。前几步，你是想好了步子，我看得出来。你那时其实是有一个战略的。可一旦我打乱了你的战略，你就放弃了，你就开始走一步想一步。你不记得我以前总是跟你说：下棋就是不停地贯彻战略。就是敌人破坏了你的计划也不放弃，而是马上想出另一个战略。胜负并不是在王被将时决定的。当棋手放弃运用任何战略时，胜负就已经定局了。你的兵七零八落，没有共同的目标，走一步想一步，这时你就输了。"

"很对，爸爸，我承认。我输了。现在让我们忘了这件事吧。"

绪方先生瞥了我一眼，又转向二郎。"这是什么话？今天我很认真地研究了这盘棋，发现你至少有三种方法可以解围。"

我丈夫放下报纸。"请原谅，可要是我没理解错，"他说，"是您自己说：不能始终贯彻战略的棋手就一定会输。而您也一再指出：我走一步想一步。那就没必要再下了吧。现在请您原谅，我要读完这篇报道。"

"什么，二郎，这纯粹是投降主义。我说了，你还没输呢。你现在应该组织防守，稳住阵脚，然后再向我进攻。二郎，你从小就有些投降主义。我真希望把它从你身上根除，可到头来，还是老样子。"

"请原谅，可我看不出这跟投降主义有什么关系。这只是一盘棋……"

"也许这确实只是一盘棋。但是知子莫若父。一位父亲能看出这些讨厌的特征的苗头。你的这种品格，我可一点儿也不觉得骄傲，二郎。第一个战略失败了，你就马上放弃。现在要你防守，你就生气，不想再下了。啊，这跟你九岁时一模一样。"

"爸爸，胡说什么啊。我一整天有很多事要做，哪有时间想下棋的事？"

二郎说得很大声，把绪方先生吓了一跳。

"对您来说没问题，爸爸，"我丈夫接着说。"您有一整天的时间来想您的战略和计划。而我有更重要的事要做。"

说完，我丈夫又回到报纸上。他父亲则一直吃惊地盯着他。最后，绪方先生笑了起来。

"好了，二郎，"他说，"我们像两个渔夫的妻子在吵架。"说着又笑了一声。"像两个渔夫的妻子。"

二郎没有抬起头来。

"好了，二郎，我们别吵了。你要是不想下了，我们就别下了。"

我丈夫还是没有听到的样子。

绪方先生又笑了一声。"好了，你赢了。我们不下了。但是让我来告诉你怎么走出这小小的困境。有三种方法。第一种最简单，而且对此我束手无策。看，二郎，看这边。二郎，看，我在教你。"

二郎仍旧没有理他父亲，一副专心致志地看报纸的样子。他翻了一页，继续看。

绪方先生对着自个儿点点头，轻声笑了笑。"跟小时候一样，"他说。"不称心时就生气，拿他一点儿办法也没有。"他看了我一眼，苦笑着，然后又转向他儿子。"二郎，看，至少看看这个。很简单。"

突然间，我丈夫扔下报纸，朝他父亲的方向直起身。很明显，他是想把棋盘和上面的棋子统统打翻。可一个不小心，还没打到棋盘，先把脚边的茶壶给踢倒了。茶壶侧滚，壶盖哐当一声开了，茶水立刻流到了榻榻米上。二郎不知道发生了什么，转过头来瞪着流出来的茶水，然后又转回去盯着棋盘。看见棋子还立在格子上好像让他更加恼火。一时间我以为他会再去把它们打翻。可是他站起来，抓起报纸，一言不发地走了出去。

我赶紧朝茶水流出来的地方跑去。有些水已经开始渗到二郎坐的垫子里去了。我拿开垫子，用围裙的角擦了擦。

"跟以前一个样，"绪方先生说，眼角泛着淡淡的微笑。"孩子长成了大人，却没有变多少。"

我跑到厨房去找了一块布。回来时，绪方先生仍那么坐着，眼角仍浮着微笑。他盯着榻榻米上的水渍，陷入沉思，似乎着了迷。我犹豫了一下才跪下来把它擦掉。

"你千万别为这件事生气，悦子，"他终于开口说道，"没什么好生气的。"

"是。"我一边擦地板一边说道。

"好了，我想我们也赶紧睡吧。偶尔早点睡对身体好。"

"是。"

"你千万别为这件事生气，悦子。二郎明天早上就会忘了整件事的，你看着吧。我记得很清楚他这种一时的脾气。其实，真让人怀念啊，看见这种小小的场面。让我想起他小时候的样子来。对，真是让人怀念。"

我仍旧擦着地板。

"好了，悦子，"他说，"没什么好生气的。"

到第二天早晨之前，我没有再和我丈夫说话。他一边吃早饭一边扫几眼我放在碗边的早报。他很少说话,对于他父亲没有出现也没有说什么。而我仔细地听绪方先生房里的动静,但什么也没听到。

"我希望今天一切顺利,"我们好几分钟没有说话,我打破沉默说。

我丈夫耸耸肩,说:"没什么大不了的。"然后他抬起头来看着我说:"我今天本来想系那条黑色的丝绸领带,可你好像拿去弄什么了。我希望你别老乱动我的领带。"

"那条黑色的丝绸领带?和其他领带一起挂在架子上啊。"

"刚才没有看见。我希望你别老乱动它们。"

"丝绸的那条应该也在那里的,"我说,"我前天烫好了,因为我知道你今天要戴,我肯定放回去了。你确定不在那里吗?"

我丈夫不耐烦地叹了口气,低头看报纸。"没关系,"他说,"这条也行。"

他继续默默地吃着早饭,与此同时仍不见绪方先生出现。最后,我站起来,到他的房门口去。我站了一会儿,没有听见任何动静,于是准备开个小缝看看。这时我丈夫转过来,说:

"你在干什么呢?要知道我可没有一早上的时间。"说着递出茶杯。

我再次坐下,把他吃完的碗盘放到一边,倒上茶。他很快地报着，一边扫着报纸的头版。

"今天对我们很重要，"我说，"我希望事情顺利。"

"没什么大不了的，"他低着头说。

可是，那天出门前，二郎却在玄关那里的镜子前仔仔细细地照了照，整了整领带，看了看下巴，检查是不是刮干净了。他离开以后，我再次来到绪方先生的房门口听动静。还是什么都没听到。

"爸爸？"我轻声叫道。

"啊，悦子，"我听见里面传来绪方先生的声音。"我该猜到你不会让我睡懒觉。"

我松了一口气，回到厨房，新泡了一壶茶，然后把绪方先生的早饭准备好。当绪方先生终于坐下来吃早饭时，他轻描淡写地说道：

"我想二郎已经走了吧。"

"哦是，他早走了。我正准备把爸爸的早饭倒掉。我以为他懒得中午前都不想起床。"

"啊，别那么不近人情，悦子。等你到了我这个年纪，你就会想偶尔放松一下。再说，跟你们在一起，我就像放假一样。"

"好了，我想就这一次，可以原谅爸爸这么偷懒。"

"回到福冈以后我就没有机会像今天这样睡懒觉了，"他拿起筷子说，接着，深深地叹了口气。"我想我差不多该回去了。"

"回去？可是不急啊，爸爸。"

"不，我真的差不多该回去了。还有很多工作要接着做。"

"工作？什么工作？"

"这个嘛，首先，我得给阳台装上新的护板。再就是假山。这个我都还没开始弄呢。石头几个月前就运来了，放在花园里，等着我回去。"他叹了口气，开始吃早饭。"回去以后我确实没有机会像今天这样睡懒觉了。"

"可是没有必要急着回去不是，爸爸？假山可以再等一等。"

"你太好了，悦子。可是时间紧迫。你瞧，我想我女儿和她丈夫今年秋天又会南下，我得在他们来之前把所有的事做完。去年和前年，他们都在秋天时来看我。所以我想今年他们会再来。"

"我明白了。"

"没错，他们今年秋天一定想再来。那个时候对纪久子的丈夫最方便。纪久子在信里总是说她多想看看我的新房子。"

绪方先生不由自主地点点头，然后端起碗接着吃饭。我看了他一会儿。

"纪久子真是个孝顺的女儿啊，爸爸，"我说，"大老远地从大阪过来。她一定很想念您。"

"我想她是觉得有必要偶尔离开一下她的公公。除此之外我想不到她为什么要跑这么老远。"

"您太坏了,爸爸。我肯定她是想您了。我要把您的话告诉她。"

绪方先生笑了。"可这是真的。老渡边像个军阀似的统治他们。每次南下,他们都要说他变得多么的让人难以忍受。我自己是相当喜欢这位老人的,但不可否认他是个老军阀。我猜他们会喜欢一个类似这里的地方,悦子,一间属于他们自己的公寓。不是什么坏事,年轻夫妇跟父母分开住。现在越来越多的夫妇这样做。年轻人不想一直受专制的老人的统治。"

绪方先生好像突然想起碗里的饭,赶紧吃了起来。吃完早饭后,他站起来,走到窗边。他在那里站了一会儿,背对着我,看着窗外的风景。然后他调整了一下窗户,让更多空气进来,深深地吸了一口气。

"您喜欢您的新房子吗,爸爸?"我问。

"我的房子?怎么,是的。正如我说的,有这里那里还需要弄一弄。但它小多了。长崎的房子对一个老人来说太大了。"

他依旧看着窗外;在早晨强烈的阳光下,我看不清他的头和肩膀。

"可那是栋好房子,旧的那栋,"我说。"我要是往那里走的话,还会停下来看看它。其实,上周我从藤原太太那里回来时就路过了。"

他没有做声，依旧看着外面的风景，我就以为他没有听见我的话。但过了一会儿，他说：

"老房子怎么样了？"

"哦，跟以前差不多。新住户一定是喜欢原来的样子。"

他微微转向我。"那那些杜鹃花呢，悦子？还在门口吗？"亮光仍旧使我看不清他的脸，但是我从他的声音听出他在微笑。

"杜鹃花？"

"啊，我想你不会记得的。"他转回去，伸了伸胳膊。"我那天种在门口的。事情最后定下来的那天。"

"什么事情定下来？"

"你和二郎结婚的事。但是我从来没有告诉你杜鹃花的事，所以我想我不应该指望你记得它们。"

"您为我种了一些杜鹃花？多好的想法。可是没有，我不记得您提起过。"

"可要知道，悦子，是你要我种的。"他再次转向我。"事实上，你断然要求我种在门口。"

"什么？"——我笑了——"我要求您的？"

"是的，你要求我的。把我当成雇来的花匠。你不记得了？当我以为终于一切都定下来了，你终于要成为我的媳妇时，你对我说还有一件事,你不会住在一所门口没有杜鹃花的房子里。要是我不种杜鹃花,整件事就都告吹。所以我能怎么办呢?我立刻出去,种了杜鹃花。"

我笑了笑,说:"您这么一说,我想起来像是有那么回事。可是太可笑了,爸爸。我从来没有强迫您。"

"哦不,你有,悦子。你说你不会住在一所门口没有杜鹃花的房子里。"他离开窗户,再次在我对面坐下。"没错,悦子,"他说,"当成雇来的花匠。"

我们俩都笑了,我开始倒茶。

"您瞧,杜鹃花一直是我最喜欢的花,"我说。

"是,你说过。"

我倒完茶,我们静静地坐着,看着蒸汽从茶杯里冒出来。

过了一会儿我说:"那时我对二郎的计划一无所知。"

"是啊。"

我伸出手去把一碟小蛋糕放在他的茶杯旁。绪方先生微笑地看着它们。最后,他说道:

"杜鹃花长得很漂亮。可是那时,当然了,你们已经搬走了。但这也不是什么坏事,年轻夫妇自己住。看看纪久子和她丈夫。他们想搬出来自己住,可是老渡边让他们想都别想。他真是个老军阀。"

"现在想想,"我说,"上周门口是有杜鹃花。新住户一定同意我的看法。房子门口一定要有杜鹃花。"

"我很高兴它们还在。"绪方先生呷了一口茶。然后他叹了口气,笑了一声,说:"那个渡边真是个老军阀。"

早饭后不久,绪方先生建议我们应该去长崎逛逛——用他的话说"像游客那样"。我立刻同意,我们坐电车进城。我记得我们先在一个美术馆里待了一会儿,然后,快中午前,我们去参观离市中心不远的一个大型开放公园里的和平纪念雕像。

这个公园一般被叫做"和平公园"——我一直不知道这是不是它的正式名称——而确实,尽管有孩子和鸟儿的叫声,这一大片绿地上却笼罩着一种肃穆的气氛。公园里常见的装饰,诸如灌木和喷泉,少之又少,而且都很朴素;平坦的草地、广阔的夏日天空以及雕像本身——一尊巨大的白色雕像,纪念原子弹的遇难者——占据了公园的主要部分。

雕像貌似一位希腊男神,伸开双臂坐着。他的右手指向天空,炸弹掉下来的地方;另一只手向左侧伸展开去,意喻挡住邪恶势力。他双眼紧闭,在祈祷。

我一直觉得那尊雕像长得很丑,而且我无法将它和炸弹掉下来那天发生的事以及随后的可怕的日子联系起来。远远看近乎可笑,像个警察在指挥交通。我一直觉得它就只是一尊雕像,虽然大多数长崎人似乎把它当作一种象征,但我怀疑大家的感觉和我一样。如今我要是偶尔回忆起长崎的那尊大白色雕像,我总是首先想起我和绪方先生去参观和平公园的那个早晨,以及他的明信片的事。

"照片上看起来不怎么样,"我记得绪方先生举起他刚买的雕像的明信片说。我们站在离雕像五十码开外的地方。"我一直想寄张明信片,"他接着说,"虽然现在我随时都会回福冈去,但我想还是值得寄的。悦子,你有笔吗?也许我应该马上就寄,不然一定会忘记。"

我在手提包里找到一支笔,我们在附近的长椅上坐下。我发现他一直盯着卡片空白的那面,笔拿在手上,却没有写。我感到奇怪。有一两次,我看见他抬头看看雕像,像是在寻找灵感。最后我问他:

"您是要寄给福冈的朋友吗?"

"哦,只是一个熟人。"

"爸爸看上去做贼心虚,"我说,"我在想他会是在写给谁呢。"

绪方先生惊讶地朝上一看,然后大笑起来。"心虚?真的吗?"

"真的,很心虚。我在想要是没有人看着爸爸,他会干什么呢。"

绪方先生大笑个不停,笑得我觉得椅子在晃。等他笑得不那么厉害时,他说:"很好,悦子。你抓住我了。你抓住我在给我的女朋友写信"——"女朋友"这个词他用的是英语。"当场抓住。"说着又笑了起来。

"我一直猜想爸爸在福冈的生活很精彩。"

"是,悦子"——他仍轻轻地笑着——"很精彩的生活。"接着他深吸了一口气,再次低头看明信片。"你知道,我真的不晓得该写什么。也许我可以什么都不写,就这样寄出去。毕竟我只是想让她看看雕像长什么样。但话说回来,这样可能太随便了。"

"啊,我不能给您建议,爸爸,除非您告诉我这位神秘的女士是谁。"

"这位神秘的女士,悦子,在福冈开一家小饭馆。离我的房子很近,所以我经常去那里吃晚饭。有时我和她聊聊,她人不错,我答应要寄给她一张和平纪念雕像的明信片。恐怕事情就是这样。"

"我知道了,爸爸。可我还是不相信。"

"人很不错的一位老太太,但过一会儿就让人觉得烦了。如果只有我一个客人,她就整顿饭的工夫站着,讲个不停。不幸的是附近没有多少合适的吃饭的地方。你瞧,悦子,你要是像你答应过的那样教我做饭,我就不必忍受她那种人了。"

"可这是白费力气,"我笑着说,"爸爸不可能学会的。"

"胡说。你只是怕我超过你。你太自私了,悦子。好了我想想"——他再次看看明信片——"我该跟这位老太太说些什么呢?"

"您还记得藤原太太吗?"我问,"她现在在开一家面馆。在爸爸的老房子附近。"

"是,我听说了。太遗憾了。像她那种地位的人开起了面馆。"

"可她很喜欢。面馆让她有事可做。她经常问起您。"

"太遗憾了,"他重复道。"她丈夫是个很有地位的人。我很尊敬他。可如今她开起了面馆。不可思议。"他沉重地摇摇头。"我想去拜访她、向她问好,可我想这会让她觉得很难堪。我是说就她的现状。"

"爸爸,她并不觉得开面馆是件丢脸的事。她觉得自豪。她说她一直想做生意,不管是多么小的生意。我想您去看她,她会很高兴的。"

"你说她的店在中川?"

"对。离老房子很近。"

绪方先生似乎考虑了一会儿。然后他转向我说:"那好,悦子。我们去看她吧。"他匆匆地在明信片上写了几句,把笔还给我。

"您是说现在,爸爸?"我被他的突然决定吓了一跳。

"对,干吗不呢?"

"很好。我想她可以给我们午饭吃。"

"对,也许。但我可不想让那位好太太觉得丢脸。"

"她会很乐意做午饭给我们吃的。"

绪方先生点点头,没有说话。沉默片刻后,他慢慢说道:"其实,悦子,我早就想去中川了。我想拜访那里的一个人。"

"哦?"

"我在想这会儿他在不在家。"

"您想去拜访谁,爸爸?"

"重夫。松田重夫。我一直想去拜访他。他可能回家吃午饭,这样的话我就能找到他。比去学校打搅他好。"

许久,绪方先生凝视着雕像的方向,脸上露出有点拿不定主意的表情。我不做声,看着他把明信片拿在手里转啊转。突然,他拍了一下膝盖,站起来。

"好,悦子,"他说,"就这么办吧。我们先去找重夫,然后去拜访藤原太太。"

我们搭上去往中川的电车时一定已经是中午时分了;车厢内又挤又闷,车厢外的马路上满是吃午饭的人群。但当我们渐渐离开市中心时,乘客越来越少,电车到达终点站中川时,就只剩下几个人了。

走出电车,绪方先生站了一会儿,摸着下巴。很难说他是在品味重回这里的滋味,还是只是在想松田重夫家怎么走。我们站在一个水泥院子里，周围停着几辆空电车，头顶上是横七竖八的黑色电线。太阳很大，照得油漆的车身十分晃眼。

"真热啊，"绪方先生擦了擦额头，说道。然后他迈开步子，朝电车庭院那头后面的一排房子走去。我跟着他。

几年来，这一带并没有变多少。我们走在弯弯曲曲的小路上，一会儿上、一会儿下。山上哪儿能盖房子，房子就矗立在哪儿，其中的很多房子我依然熟悉；有的站在斜坡上摇摇欲坠，有的挤在看不见的角落里。很多阳台上挂着毯子啦、洗的衣服啦。我们走着，经过几间看上去气派一点的房子，但我们既没有经过绪方先生的老房子，也没有经过以前我和父母住在一起的房子。事实上，我怀疑绪方先生是不是故意选了一条避开它们的路。

我猜想我们最多走了十或者十五分钟，但太阳和陡坡让我们筋疲力尽。最后我们在一个陡坡的中央停了下来，绪方先生拉我到人行道旁一棵茂密的树下乘凉。接着他指着马路对面一栋旧式大斜瓦屋顶、样子舒适的老房子，说：

"那就是重夫家。我跟他父亲很熟。就我所知，他母亲仍跟他住在一起。"说完，绪方先生又开始摸下巴，像刚下电车时那样。我没说什么，只是等着。

"他很可能不在家，"绪方先生说，"他有可能和同事一起待在教研室里午休。"

我仍旧是等着,不做声。绪方先生依然站在我旁边,凝视着那所房子。最后,他说:

"悦子,这里离藤原太太那多远?你知道吗?"

"几分钟就到了。"

"我在想,也许最好是你先过去,我去找你。这样可能最好。"

"好的。要是您希望如此。"

"其实是我做事太欠考虑。"

"我不是弱不禁风,爸爸。"

他笑了一声,然后又瞥了一眼房子。"我想最好这样,"他重复道,"你先过去。"

"好的。"

"我不会很久。其实"——他又瞥了一眼房子——"其实,你干吗不在这里等着,我去按门铃。要是看见我进去,你就先到藤原太太那里去。我太欠考虑了。"

"一点儿都不要紧,爸爸。现在您听好了,不然您永远也别想找到面馆。您记得以前那个医生的诊所吗?"

但这时绪方先生已经没有在听了。马路对面的大门开了,一个瘦瘦的、戴着眼镜的年轻人走出来。他穿着衬衫,腋下夹着一只小公文包。走到太阳底下时,他眯了眯眼睛。接着他转向公文包,开始找东西。松田重夫比我之前见过的几次看起来更瘦、更年轻。

第九章

松田重夫扣上公文包的扣子,然后一边心烦意乱地看看周围,一边朝马路这边走来。他扫了我们这边一眼,却没有认出我们,继续往前走。

绪方先生看着他走过去。当年轻人走了几码远时,他才喊道:"啊,重夫!"

松田重夫停下脚步,转过身来,然后迷惑不解地朝我们走来。

"你好吗,重夫?"

年轻人透过镜片细细看来,接着高兴地笑了起来。

"啊呀,绪方先生!太意外了!"他鞠了一躬,然后伸出手来。"真是个惊喜。啊,还有悦子!你们好吗?真高兴又见到你们。"

我们互相鞠了躬,他还和我们都握了手。接着他对绪方先生说:

"你们是要去找我吗?太不巧了,我的午休时间快到了。"他看了看表。"但我们还可以进去坐几分钟。"

"不，不，"绪方先生赶忙说。"别让我们打搅了你的工作。我们只是刚好路过这里，我想起来你住在这里，正把你家指给悦子看。"

"不客气，我能腾出几分钟来。至少喝杯茶吧。这天外面热得要命。"

"不，不。你得工作。"

一时间两个人站着对视。

"最近怎么样，重夫？"绪方先生问。"学校里怎么样？"

"哦，老样子。您知道的。而您，绪方先生，但愿您退休后过得愉快？我不知道您在长崎。我和二郎现在几乎都失去联系了。"接着他转向我，说："我一直想写信，但老是忘记。"

我笑了笑，说了几句客套话。然后两人又对视着。

"您看上去气色真不错，绪方先生，"松田重夫说。"您喜欢福冈吗？"

"喜欢，一座好城市。我的老家，你知道。"

"真的？"

又是一阵沉默。接着绪方先生说："千万别让我们耽搁了你。你要是赶时间的话，我很理解。"

"不，不。我还有几分钟。真可惜您没有早点路过这里。也许您离开长崎前可以来找我。"

"好，我尽量。可我有很多人要去拜访。"

"是，我理解。"

"还有你母亲，她好吗？"

"是，她很好。谢谢您。"

一时间，两人又不说话了。

"我很高兴一切都好，"绪方先生打破沉默，说道，"对，我们刚好路过这里，我在告诉悦子你住在这里。事实上，我刚刚想起你以前常来我们家和二郎玩，你们都还是小孩子的时候。"

松田重夫笑了。"时间过得真快啊，不是吗？"他说。

"是啊。我刚还在跟悦子说呢。事实上，我正要告诉她一件奇怪的小事。我看见你家时突然想起来的。一件奇怪的小事。"

"哦，是吗？"

"是的。我看见你家时刚好想起来，就这么回事。是这样，有一天我读到一篇东西。一本期刊里的一篇文章。我想是叫《新教育文摘》。"

一时间年轻人没有做声，过了一会儿他调整了一下在人行道上的站姿，放下公文包。

"嗯哼，"他说。

"读了以后我有点吃惊。事实上是很惊讶。"

"是。我想您会的。"

"文章很奇怪,重夫。很奇怪。"

松田重夫深吸了一口气,然后看着地板。他点点头,但没有说什么。

"我早想来找你谈谈,"绪方先生接着说,"但自然了,我把这件事忘了。重夫,老实告诉我,你相信你写的东西吗?解释一下是什么让你写那些东西。解释给我听,重夫,这样我才能安心地回到福冈去。现在我很迷惑。"

松田重夫用鞋跟踢着一块小石头。最后他叹了口气,抬头看绪方先生,正了正眼镜。

"这几年很多事都变了,"他说。

"啊,自然是这样。我看得出来。可这算什么回答,重夫?"

"绪方先生,让我解释给您听。"他停顿了一下,又低头看地板,中间挠了一下耳朵。"您瞧,您必须理解。现在很多事都变了。而且还在变。我们现在的生活和过去……过去您是位有影响力的人物时不一样了。"

"但是,重夫,这和事情有什么关系?时代可能是变了,但为什么写那种文章?我做了什么冒犯你的事了吗?"

"没有,从来没有。至少对我个人没有。"

"我想也是。还记得那天我把你介绍给现在学校的校长吗?不是很久以前的事吧。或者说那也是另一个时代的事?"

"绪方先生"——松田重夫提高了嗓门，神态里似乎透出一丝权威——"绪方先生，我真希望您早一个小时来，那样我也许能解释得清楚些。现在没有时间把整件事情讲清楚。但是让我就说这么多。是的，我相信我文章里写的每一个字，现在仍然相信。您那个时候，老师教给日本的孩子们可怕的东西。他们学到的是最具破坏力的谎言。最糟糕的是，老师教他们不能看、不能问。这就是为什么我们国家会卷入有史以来最可怕的灾难。"

"我们也许是打了败仗，"绪方先生打断他说，"但不能因此而照搬敌人的那一套。我们打败仗是因为我们没有足够的枪和坦克，不是因为我们的人民胆小，不是因为我们的社会浮浅。重夫，你不知道我们多么辛勤地工作，我们这些人，像我，像远藤老师，你在文章里也侮辱了他。我们深切地关心我们的国家，辛勤工作让正确的价值观保留下来，并传承下去。"

"我不怀疑这些。我不怀疑您的真诚和辛勤工作。我从来没有质疑过这点。可是您的精力用在了不对的地方，罪恶的地方。您当时不会发觉，但恐怕这是事实。如今一切都过去了，我们惟有感激。"

"太奇怪了，重夫。你真的相信这些？谁教你说这些的？"

"绪方先生，坦诚一些吧。您一定心知肚明我说的都是真的。而且说句公道话，不应该责备您没有认识到您的行为的真正后果。当时很少有人认识到局势发展的方向,而那些少数认清时局的人却因直抒己见而被投进监狱。不过现在他们被释放了,他们将带领我们走向新的黎明。"

"新的黎明?胡说八道些什么?"

"好了,我得走了。很抱歉我们不能多谈谈。"

"这是什么话,重夫?你怎么能说出这种话?你显然不知道像远藤老师这样的人为工作付出了多少努力和心血。那时你还是小孩子,你怎么可能知道事情是什么样的?你怎么可能知道我们付出了什么,取得了什么?"

"事实上,我碰巧熟悉您的职业的某些方面。比如说,在西坂小学解雇并监禁了五名教师。我没记错的话是1938年4月。不过现在那些人被释放了,他们将帮助我们迈向新的黎明。现在请原谅。"松田重夫拎起公文包,朝我们依次鞠了躬。"代我向二郎问好,"他补充道,然后转身离去。

绪方先生看着年轻人走下山去,消失不见。之后他仍在原地站了好一会儿,没有说话。当他最终转向我时,眼角泛着微笑。

"多么自信的年轻人啊,"他说,"我想我以前也是一样。坚持己见。"

"爸爸,"我说,"现在我们该去看藤原太太了吧。我们该吃午饭了。"

"哎呀,当然了,悦子。我太粗心了,让你这么大热天地站着。对,我们去看那位好太太吧。我很高兴能再见到她。"

我们走下山,接着走过一条小河上的一座木桥。桥下有一群孩子在河边玩耍,其中几个拿着鱼竿。路上我对绪方先生说:

"他都是在胡说八道。"

"谁?你指重夫?"

"都是些可耻的话。我觉得您根本不用在意,爸爸。"

绪方先生笑了笑,但没有回答。

和平时一样,那个钟点,那一带的商业街挤满了人。走进面馆阴凉的前院时,我欣喜地看见几张桌子上坐着客人。藤原太太看见我们,走了过来。

"哎呀,绪方先生,"她一眼就认出他来,惊呼道,"再次见到您真是太好了。很久不见了,不是吗?"

"确实是很久了。"绪方先生回敬藤原太太的鞠躬。"是啊,很久了。"

看见他们如此热情地打招呼,我很是感动,因为据我所知,他们并不熟识。他们没完没了地鞠躬来鞠躬去,最后藤原太太才去给我们取东西吃。

她很快就端来两碗热腾腾的面,抱歉说没有什么更好的东西来招待我们。绪方先生感激地鞠了一躬,吃起来。

"我还以为您早把我忘了呢,藤原太太,"他微笑着说。"说真的,好久了。"

"像这样久别重逢真是件高兴的事。"藤原太太在我那张长凳的角上坐下,说,"悦子跟我说您现在住在福冈。我去过福冈几次。很好的城市,不是吗?"

"是的,没错。福冈是我的老家。"

"福冈是您的老家?可是您在这里生活、工作了那么多年。难道长崎没有值得您留念的吗?"

绪方先生笑了,把头歪向一边。"一个人也许会在一个地方工作、奉献,但是到了最后"——他耸耸肩,怀念地笑了笑——"到了最后,他仍旧想回到他生长的故乡去。"

藤原太太点点头,表示理解,然后说道:"绪方先生,我刚刚在想您当秀一学校校长的那时候。他以前可怕您了。"

绪方先生笑了。"是,我清楚地记得您的秀一。一个聪明的男孩子。很聪明。"

"您真的还记得他,绪方先生?"

"是,当然,我记得秀一。他学习很用功。是个好孩子。"

"是啊,他是个好孩子。"

绪方先生用筷子指了指碗,说:"太好吃了。"

"瞎说。很抱歉没有什么更好的东西来招待你们。"

"不,真的,很好吃。"

"让我想想,"藤原太太说。"那个时候有个老师,她对秀一很好。她叫什么名字来着?我想是铃木,铃木小姐。您知道她后来怎么样了吗,绪方先生?"

"铃木小姐?啊,是,我想起来了。但是很遗憾我不知道她现在在哪里。"

"她对秀一很好。还有另外一个老师,名字叫黑田。一个很棒的年轻人。"

"黑田……"绪方先生慢慢地点点头。"啊,是,黑田。我记得他。是位好老师。"

"是啊,一个与众不同的年轻人。我丈夫对他印象特别深刻。您知道他后来怎么样了吗?"

"黑田……"绪方先生仍若有所思地点着头。一缕阳光照在他脸上,照亮了他眼睛周围的许多皱纹。"黑田,让我想想。我有一次遇到过他,很偶然的,战争开始的时候。我想他参战了。从那以后我就再也没有他的消息了。是,是位好老师。以前的很多人都没有消息了。"

有人叫藤原太太,我们看着她匆匆地走过水泥地到客人的桌子那去。她站在那里行了好一会儿的礼,然后收拾桌上的碗盘,走进厨房。

绪方先生看着她,然后摇摇头。"看见她这样真是遗憾,"他低声说。我没说什么,只是吃饭。过了一会儿绪方先生从桌子那头俯过身来,问:"悦子,你以前说她儿子叫什么名字来着?我是指活着的那个。"

"和夫,"我小声说。

他点点头,接着吃面。

过了一会儿藤原太太回来。"没有什么更好的东西来招待你们,真是不好意思,"她说。

"瞎说,"绪方先生说。"面很好吃。对了,和夫最近怎么样?"

"他很好。他身体健康,工作也顺利。"

"很好。悦子刚才跟我说他在一家汽车公司上班。"

"是,他在那里做得很好。而且他正在考虑再婚。"

"真的?"

"以前他说他不会再结婚,但是现在他开始向前看了。他目前还没有考虑的对象,但至少他开始考虑未来了。"

"这样想才对,"绪方先生说。"啊,他还年轻,不是?"

"当然了。他还有一大把日子呢。"

"当然了。他的日子还长着呢。你一定要给他找一个好姑娘,藤原太太。"

她笑了。"您以为我没试过？不过现在的女孩子大不一样了。太让我吃惊了，世道变得如此之大、如此之快。"

"确实，您说得很对。现在的女孩子都任性得很。而且整天在讲什么洗衣机啦、洋裙啦。悦子也是。"

"胡说，爸爸。"

藤原太太又笑了，然后说："我记得我第一次听说洗衣机时，我不敢相信有人会想要那玩意。明明有一双好好的手可以干活，干吗要花那个钱？不过我相信悦子不会同意我的看法的。"

我正想说什么，却被绪方先生抢先一步："我跟您说我前些天听说的一件事。其实是二郎的一个同事告诉我的。显然是在上次的选举中，要投给哪个政党，他妻子和他意见不合。他就打她，但是他妻子仍然没有让步。所以最后，他们分别投给了不同的政党。您能想像过去会发生这种事吗？太奇怪了。"

藤原太太摇摇头。"世道变太多了，"她叹了口气，说。"不过我听悦子说二郎现在在公司里干得很好。您一定很为他骄傲，绪方先生。"

"是，我想那孩子确实干得不错。事实上，今天他将代表他们公司参加一个很重要的会议。看来他们正在考虑再次提拔他。"

"太了不起了。"

"他去年才刚刚获得提升。我想领导一定对他评价很高。"

"太了不起了。您一定很为他骄傲。"

"那小子是个工作很努力的人。从小就是。我记得小时候,其他父亲都在使劲地叫孩子要更刻苦地学习,我却要不断地叫他多去玩一玩,学得那么刻苦对身体不好。"

藤原太太笑了,摇摇头说:"是啊,和夫也工作得很拼命,常常看文件看到半夜。我劝他不要工作得这么辛苦,可他不听。"

"是,他们根本不听。但是我得承认,我以前也是这样。当你相信你做的是对的时,你就不愿意浪费一分一秒。我妻子也常劝我多休息,可我就是不听。"

"是啊,和夫就是这样。可他要是再结婚了,就得改改了。"

"别指望结了婚就会改变,"绪方先生笑着说。说完,他把筷子整齐地搁在碗上。"哎呀,太好吃了。"

"瞎说。很抱歉没有什么更好的东西来招待你们。您还要吗?"

"有多的话,我很乐意。要知道,我得趁这些日子多享受享受这么好的饭菜。"

"瞎说,"藤原太太站起来,再次说道。

我们回到家后不久,二郎也下班回家了,比平时早一个小时左右。他愉快地向他父亲问好——完全忘了前一天晚上发脾气的事——然后洗澡去了。洗完澡出来时,他换上了和服,哼着小曲儿。他在垫子上坐下，开始用毛巾擦头发。

"那么，事情怎么样？"绪方先生问。

"什么事情？哦，您是指那个会啊。还不错。不算太糟。"

我正要去厨房，但在门口停了下来，想听听二郎接下来会说些什么。他父亲也一直看着他。而二郎只是擦着头发，没有看我们。

"事实上，"他终于开口说道，"我想我干得还不错。我说服他们的代表签了一份协议。不是合同，但差不离了。我的老板相当吃惊。他们很少像这样答应下来。老板让我提早下班。"

"哎呀，真是好消息，"绪方先生说道，然后笑了一声。他朝我看了一眼，又转向他儿子。"真是好消息。"

"恭喜，"我对着我丈夫微笑地说道。"我太高兴了。"

二郎抬起头来，好像这才注意到我。

"你干吗那样站在那里？"他问。"你知道我不介意来点茶。"他放下毛巾，开始梳头。

那天晚上，为了庆祝二郎谈判成功，我准备了比平时丰盛的晚餐。不管是晚餐时，还是晚餐后直到睡觉，绪方先生都没有提起白天见到松田重夫的事。可是晚餐刚开始时，他突然说道：

"哦，二郎，我明天要回去了。"

二郎抬起头来。"您要回去了？哦，太遗憾了。我希望您这几天住得开心。"

"是,我好好地休息了一番。事实上,我比原计划多待了好一阵子。"

"我们欢迎您住在这里,爸爸,"二郎说。"不用急着回去,我向您保证。"

"谢谢你们,可我该回去了。有些事情要接着做。"

"方便的时候,请一定要再来。"

"爸爸,"我说,"孩子出生以后您一定要来看孩子。"

绪方先生微笑着说:"那大概在新年吧。在那之前我不会来打搅你的,悦子。你会有够多的事要忙,哪有时间照顾我?"

"真遗憾您来的不是时候,"我丈夫说,"也许下一次我的工作就没有逼得这么紧了,我们就有时间多聊聊了。"

"好了,别担心了,二郎。没有什么比看到你如此投入工作更让我高兴的了。"

"现在这笔生意终于谈成了,"二郎说,"我的时间就多一些了。真遗憾您这时候要回去。我正在考虑请两天假呢。但我想是无济于事了。"

"爸爸,"我打断二郎的话,"要是二郎能请两天假,您不能多待一个星期吗?"

我丈夫停下在吃饭的手,但没有抬头。

"很诱人的提议,"绪方先生说,"但我想我真的该回去了。"

二郎接着吃饭。"真遗憾,"他说。

"没错,我真的得在纪久子和她丈夫来之前把阳台弄好。他们秋天时一定会想来的。"

二郎没有回答,我们静静地吃着晚饭。过了一会儿,绪方先生说:

"而且我不能整天坐在这里想着下棋。"他有点不自然地笑了笑。

二郎点点头,但没有说什么。绪方先生又笑了一声,我们继续静静地吃饭。

"您最近喝清酒吗,爸爸?"过了好一会儿二郎问道。

"清酒?有时喝一点。不常喝。"

"既然这是您住在这里的最后一晚,我们喝点酒吧。"

绪方先生像是想了好一会儿。最后他微笑着说:"没有必要为了我一个糟老头瞎忙活。但我和你喝一杯,庆祝你美好的前程。"

二郎冲我点点头。我走向碗柜,取出一个酒瓶和两个杯子。

这时绪方先生说:"我一直相信你会成功。你总是很有前途。"

"就凭今天的事并不保证他们一定会提升我,"我丈夫说。"但我想我今天的努力也没什么坏处。"

"当然没有,"绪方先生说。"不会有什么坏处。"

他俩都静静地看着我倒酒。然后绪方先生放下筷子,举起酒杯。

"为你的将来干杯,二郎,"他说。

我丈夫嘴里还吃着东西,也举起酒杯。

"也为您干杯,爸爸,"他说。

回忆,我发现,可能是不可靠的东西;常常被你回忆时的环境所大大地扭曲,毫无疑问,我现在在这里的某些回忆就是这样。比如说,我发现这种想法很诱人,即:那天下午我看见了一个先兆;那天我脑子里闪过的可怕的画面和一个人长时间地无聊时做的各种白日梦是完全不同的,来得更加强烈、更加逼真。

很可能根本不是什么大不了的事。一个小女孩被发现吊死在树上的惨剧——更甚于之前的那几起儿童谋杀案——震惊了整个小区。所以那年夏天我不会是唯一一个被这类幻象所困扰的人。

那是我们去稻佐山一两天之后,下午晚些时候,我正在公寓里忙着一些零活,无意间瞥了一眼窗外。从我第一次看见那辆美国大车以来,那片废弃的空地肯定已经变硬了很多,因为现在我看见车在凹凸不平的路面上行驶并没有什么困难。车越来越近,然后跌跌撞撞地开上了我们窗户底下的水泥路。反光的挡风玻璃让我看不清车里,但我确定车里不只司机一个。车在住宅区这兜了一下,然后开出了我的视线。

一定是在那个时候,当我有些困惑地看着小木屋时,我看见了那个幻象。没有任何明显的征兆,那个毛骨悚然的画面就突然闯进我的脑海。我不安地从窗户边走开,继续做我的家务,努力把那个画面赶出脑海,但过了好几分钟,我才觉得摆脱掉了它,思绪回到再次出现的白色大车上。

大约一个小时以后我看见一个人穿过空地朝木屋走去。我遮起眼睛好看得更清楚些;是个女人——瘦瘦的——慢慢地、小心翼翼地走着。她在小屋外停了一会儿,然后消失在斜斜的屋顶后面。我一直盯着那里,但她没有再出现;显然她进去了。

我在窗口站了一会儿,不知道该怎么办。最后,我穿上木屐,走出公寓。外面正是一天中最热的时候,穿过干巴巴的空地的那段不长的路却似乎永远也走不完。当我终于走到小屋时,我累得忘了我来干什么。这时,我听见屋里的说话声,有点吓了一跳。一个声音是万里子的;另一个声音我不认识。我走近门口,但听不清楚她们在说什么。我在那里站了站,拿不准该怎么办。最后我打开门叫了起来。说话声停止了。我等了一下,然后走了进去。

第十章

从亮晃晃的外头进来,小屋里似乎又冷又暗。阳光从各处狭窄的缝隙里强烈地照射进来,在榻榻米上投下一个个小光斑。木头的潮味还跟以前一样重。

过了一两秒钟我的眼睛才适应过来。一位老妇人坐在榻榻米上,万里子坐在她面前。老妇人转过来看我时很小心地摆头,像是怕伤着脖子。她的脸瘦瘦的,而且粉笔般苍白,开始时令我有点不安。她看上去七十岁上下,虽说她脆弱的脖子和肩膀可能是因为上了年纪,也可能是因为身体不好。她穿着一般在葬礼上才穿的暗黑色和服,眼睛有点凹,面无表情地看着我。

"你好,"她终于开口说道。

我微微欠了欠身,也说了句"您好"。我们尴尬地对视了一两秒钟。

"你是邻居?"老妇人问。她说话是一个字、一个字慢慢地吐出来。

"是的,"我说,"一个朋友。"

她又看了我一会儿,然后问:"你知道主人上哪儿去了吗?她把孩子一个人扔下了。"

小女孩换了位置,和陌生人并排坐着。听到老妇人问的问题,万里子目不转睛地看着我。

"不,我不知道,"我说。

"真奇怪,"妇人说。"孩子好像也不知道。她会去哪儿了呢?我不能待很久。"

我们又对视了一会儿。

"您从远处来的吗?"我问。

"相当远。请原谅我的服装。我刚参加了一个葬礼。"

"我知道了。"我又鞠了一躬。

"伤感的场合,"老妇人说道,出神地慢慢点起头来。"我父亲以前的一个同事。家父身体虚弱,不能出门,让我代为致意。是个伤感的场合。"她环顾了一下小屋的内部,摆头时同样是很小心。"你不知道她去哪儿了?"她又问了一遍。

"是的,很遗憾我不清楚。"

"我不能等太久。家父会担心的。"

"有没有什么话我可以代为转达?"我问。

老妇人没有马上回答。过了一会儿,她说:"也许你可以告诉她我来找过她，向她问好。我是她的亲戚。我叫川田安子。"

"安子女士？"我努力掩饰我的惊讶。"您是安子女士，佐知子的表姐？"

老妇人鞠了一躬，鞠躬时肩膀微微颤抖。"请告诉她我来找过她，向她问好。你不知道她去哪儿了？"

我再次否认知道任何消息。妇人又一次出神地点起头来。

"如今的长崎大不一样了，"她说。"今天下午我都认不出来了。"

"是，"我说。"我想是变了很多。可是您不住在长崎吗？"

"我们已经在长崎住了好多年了。正如你说的，长崎变了很多。出现了很多新楼，还有新的街道。我上一次到城里来一定是在春天的时候。可即便在这段时间里也盖起了新楼。我肯定春天的时候是没有那些楼的。事实上，我想那次我也是来参加一个葬礼。没错，山下先生的丧礼。不知为何，春天的葬礼似乎更加伤感。你说你是邻居？很高兴认识你。"她的脸抖动了一下，我看见她在微笑；她的眼睛眯得细细的，嘴角向下弯，而不是向上。站在玄关我觉得不舒服，但又不敢走到榻榻米上去。

"很高兴见到您，"我说。"佐知子常提起您。"

"她提起我？"妇人似乎回味了一下这句话。"我们在等着她搬来和我们住。跟家父和我。也许她跟你说了。"

"是的,她说过。"

"我们三个星期前就开始等。可她一直没来。"

"三个星期前?这个嘛,我想这里面一定有什么误会。我知道她一直在准备搬家。"

老妇人再次环顾了一下小屋。"真遗憾她不在家,"她说。"不过如果你是她的邻居,那我很高兴认识你。"她再次鞠了一躬,然后一直盯着我看。"也许你能替我传个话给她,"她说。

"啊,当然可以。"

妇人沉默了一会儿才开口说道:"我们发生了小小的争执,她和我。也许她告诉过你。只不过是个小误会,没什么。结果第二天我惊讶地发现她已经收拾好东西,离开了。我确实很惊讶。我无意冒犯她。家父说是我的错。"她停顿了一下。"我无意冒犯她,"她重复道。

我从没想到过佐知子的伯父和表姐不知道她有个美国朋友。我再次鞠了一躬,不知道回答什么。

"我承认她走了以后我很想她,"老妇人接着说。"我也想念万里子。我很喜欢她们的陪伴,我不应该发脾气、说了那些话。"她再次停下,脸转向万里子,再转回来。"家父虽然方式不同,但也想念她们。你瞧,他听得出来。他能听到房子里安静了好多。一天早上我发现他醒着,他对我说房子安静得让他想到坟墓。就像个坟墓,他说。她们搬回去对家父大有好处。也许佐知子愿意为了家父而搬回去。"

"我一定把您的感受传达给佐知子,"我说。

"也是为了她自己,"老妇人说。"毕竟一个女人不能没有一个男人来引导她。否则只会带来不良后果。家父虽然有病在身,但没有生命危险。她现在该回来了,不为别的也该为了她自己。"老妇人开始解开放在身旁的方巾。"事实上,我把它们带来了,"她说。"没什么,只是我自己织的几件开襟毛衣。不过是好羊毛。我本打算她们回去以后给她们,但我今天带来了。起初我织了一件要给万里子,后来我想也给她母亲织一件好了。"她举起一件毛衣,然后看看小女孩。她笑的时候嘴角再次向下弯。

"真漂亮,"我说。"您一定花了很多时间。"

"是好羊毛,"妇人重复道。她把毛衣重新包起来,然后把方巾小心地系好。"现在我得回去了。家父要担心了。"

老妇人站起来,走下榻榻米。我帮她穿好木屐。万里子也来到榻榻米边,老妇人轻轻地碰了碰孩子的头顶。

她说:"万里子,要记住把我对你说的话告诉你妈妈。还有,你不用担心你的小猫。房子里有足够的地方给它们住。"

"我们很快就会回去,"万里子说。"我会告诉妈妈的。"

妇人又笑了笑。然后她转向我,鞠了一躬。"很高兴认识你。

我不能再久留了。你瞧,家父身体不好。"

"哦,是你啊,悦子,"佐知子说。那天晚上我又回到她的小屋。然后她笑了一声,说:"别那么吃惊的样子。你早知道我不会永远住在这里,不是吗?"

衣服、毯子和无数其他的东西堆得榻榻米上到处都是。我做了恰当的回答,然后找了个不碍事的地方坐下。我注意到身旁的地板上有两件看起来很漂亮的和服,我从没见佐知子穿过。我还看见了——地板中央,一个硬纸盒里——她那套精美的浅白色陶瓷茶具。

佐知子已经把中间的几扇拉门都打开了,让最后的日光照进屋来;然而,昏暗还是在迅速地袭来,从走廊射进来的余晖基本上照不到万里子坐着的那个远远的角落。她静静地看着她妈妈。旁边,两只小猫在嬉戏打闹;小女孩怀里抱着另外一只。

"我想万里子告诉你了,"我对佐知子说。"早些时候有人来找你。你表姐来过这里。"

"是。万里子告诉我了。"佐知子继续收拾她的箱子。

"你明天早上离开?"

"对,"她有点不耐烦地说。然后她叹了一口气,抬头看我。"对,悦子,我们明天早上离开。"她叠了件什么放进箱子的角落里。

"你的行李这么多,"我终于说道。"要怎么全都搬走呢?"

佐知子没有马上回答。过了一会儿,她一边收拾,一边说:"你是知道的,悦子。我们有车。"

我不说话了。佐知子深深地叹了口气,从房间那头朝我坐的地方看了一眼。

"对,我们要离开长崎了,悦子。我向你保证,我本打算全都收拾好了以后就去道别。我不会不跟你道谢就离开的,你对我那么好。对了,至于借的钱,我会通过邮局还给你。这点请不用担心。"她又开始收拾。

"你们要搬去哪里?"我问。

"神户。现在所有的事情都定下来了,不会再改变了。"

"神户?"

"对,悦子,神户。然后从那里去美国。弗兰克已经把所有的事情都安排好了。你不替我高兴吗?"她很快扬了扬嘴角,又转开了。

我还是盯着她。万里子也一直看着她。她怀里的小猫挣扎着想去和榻榻米上的小猫一起玩,可是小女孩紧紧地抱住它。她身边,屋子的角上,我看见了她在抓阄摊上赢的那只装菜的盒子;看来万里子已经把盒子改造成了小猫们的家。

"对了,悦子,那边那堆"——佐知子指了指——"那些东西我带不走了。我没想到东西这么多。那里有些质量还不错。你要的话就请拿去用吧。我当然没有冒犯的意思。仅仅是因为有些东西质量挺好。"

"可是你伯父怎么办？"我说。"还有你的表姐？"

"我伯父？"她耸耸肩。"很谢谢他请我去他家住。可是恐怕现在我另有打算。你不知道，悦子，离开这个地方我是多么如释重负。我相信我再也不会见到这种破地方了。"她又朝我看了一眼，笑了。"我知道你在想什么。我向你保证，悦子，你想错了。这次他不会再让我失望了。明天一大早他就会开车过来。你不替我高兴吗？"佐知子看了看满地的行李，叹了口气。然后她跨过一堆衣服，在装茶具的盒子边跪下，开始往里面装一卷卷的羊毛。

"你决定了吗？"万里子突然问。

"现在没时间谈这个，万里子，"她妈妈说。"我这会儿很忙。"

"可是你说过我可以留着它们。你不记得了吗？"

佐知子轻轻摇了摇纸箱；瓷器仍然嘎嘎作响。她看了看周围，找到一块布，把它撕成碎布条。

"你说过我可以留着它们，"万里子重复道。

"万里子，请你稍微考虑一下眼前的情况。我们怎么可能带上那些畜牲呢？"

"可是你说过我可以留着它们。"

佐知子叹了口气,有一会儿像是在想事情。她低头看看茶具,手里捏着碎布条。

"你说过的,妈妈,"万里子说。"你不记得了吗?你说过我可以留着的。"

佐知子抬头看看她女儿,然后又看看那些小猫。"如今情况不同了,"她疲惫地说。这时,一股怒气划过她的脸,她一把扔掉那些布条。"万里子,你老想着那些畜牲干吗?我们怎么可能带上它们?不行,我们只能把它们留在这里。"

"可是你说过我可以留着它们。"

佐知子看了她女儿一会儿。"你就不能考虑一下其他事情吗?"她说,声音变得很低。"你难道还小,看不出除了这些肮脏的小东西以外,还有其他更重要的事情?你得懂事一点了。你不能总是对这些东西恋恋不舍。这些只是……只是动物,你看不出来吗?你不明白这个吗,孩子?你不明白吗?"

万里子也瞪着她妈妈。

"你喜欢的话,万里子,"我插进去说,"我可以时不时地来喂它们。它们最后都会找到家的。不用担心。"

小女孩转向我说:"妈妈说过我可以留着小猫。"

"别再孩子气了,"佐知子说。"你只是在故意捣乱,跟平时一样。这些肮脏的小畜牲有什么大不了的呢?"她站起来,走向万里子的角落。榻榻米上的小猫急忙后退；佐知子低头看看它们，然后深吸了一口气。她相当镇定地把蔬菜盒子侧翻过来——这样，铁丝网的滑板就朝上了——弯下腰，把小猫一只只地扔进盒子里。然后她转向她女儿；万里子紧紧抱住剩下的一只小猫。

"把它给我，"佐知子说。

万里子抱着小猫不放。佐知子走上前去，伸出一只手。小女孩转过来看我。

"这只是小胖，"她说。"你想不想看看它，悦子阿姨？这只是小胖。"

"把那东西给我，万里子，"佐知子说。"你不明白吗，那只是一只动物。你怎么就不明白呢，万里子？你真的还小吗？那不是你的小宝宝，只是一只动物，就像老鼠啊、蛇啊。现在把它给我。"

万里子抬头瞪着她妈妈，然后慢慢地把小猫放下。小猫落在了她面前的榻榻米上，挣扎着被佐知子抓了起来。佐知子把它也扔进了蔬菜盒子里，然后"啪"地关上铁丝网。

"待在这里，"她对女儿说，然后拎起盒子。她经过我身边时，对我说："真是太傻了，它们只是几只动物，有什么大不了的？"

万里子站了起来，像是要跟着她妈妈。佐知子在玄关那里回过头来说："照我说的做。待在这里。"

有一会儿,万里子站在榻榻米的边上不动,看着她妈妈消失在门口。

"在这里等你妈妈,万里子,"我对她说。

小女孩转过来看了我一眼,然后就跑出去了。

起先,我没有动。一两分钟以后,我站起来、穿上木屐。在门口,我看见佐知子到河边去了,蔬菜盒子放在她脚边;她似乎没有注意到她女儿站在她身后几码的地方,就在陡坡上面。我离开小屋,朝万里子站着的地方走去。

"我们回到屋里去吧,万里子,"我轻声说。

小女孩仍旧看着她妈妈,面无表情。在我们下方,佐知子在河边小心翼翼地蹲下,把盒子拉近了一点。

"我们进去吧,万里子,"我又说了一遍,可小女孩还是没有理我。我离开她,走下泥泞的斜坡,朝佐知子蹲着的地方走去。夕阳透过树枝照在对岸,河边的芦苇在我们周围的泥地上投下长长的影子。虽然佐知子找了块有草的地方蹲下,但那里也都是泥。

"我们不能放了它们吗?"我静静地说。"谁知道呢。也许有人要它们。"

佐知子低头看着铁丝网里的小猫。她"啪"地把盒子打开,取出一只小猫,然后又把盒子关上。她双手抓住小猫,看了一会儿,然后抬头看了我一眼,说:"这只是一只动物,悦子。就只是一只动物。"

她把小猫放进水里、按住。她保持这个姿势,眼睛盯着水里,双手都在水下。她穿着一件日常的夏季和服,两只袖子的袖口都碰到了水。

突然佐知子第一次转过头去看了一眼她女儿,手依旧放在水里。我本能地顺着她的视线看去,一刹那间,我们俩都回头看着万里子。小女孩站在斜坡顶上,依旧面无表情地看着。看见她母亲的脸转向她,她微微地把头转开;然后一动不动,双手背在身后。

佐知子把手从水里拿出来,看着仍旧抓在手里的小猫。她把小猫拿得近一点,水流下她的手腕和手臂。

"还活着,"她疲倦地说。然后她转向我说:"看看这水,悦子。太脏了。"她厌恶地把湿漉漉的小猫扔回盒子里,关上盖子。"这些小东西在顽抗,"她嘟囔道,举起手腕,给我看上面的抓痕。不知怎么的,佐知子的头发也湿了;一滴水,然后又一滴从垂到她脸上的一小撮头发上流下来。

佐知子换了个姿势,把蔬菜盒子推向河边;盒子滑了下来,掉进水里。佐知子伸出手去抓住盒子,不让它漂走。河水几乎没到了铁丝网的半腰。她仍旧抓着盒子不放,最后双手把盒子一推。盒子漂进水里,冒着泡泡,沉得更下去了。佐知子站了起来,我们俩一起注视着盒子。盒子漂着,然后一股水流冲来,盒子加速往下游漂去。

这时什么东西从我眼前闪过,我猛地转头。万里子跑下河边,跑到几码远处的一块突进水里的浅滩上。她站在那里看着漂流的盒子,脸上依旧没有表情。盒子被芦苇缠住,松开了又继续前进。万里子又跑了起来。她沿着河岸跑了一段,然后又停下来,看着盒子。这时,盒子只剩一个小角露在水面上了。

"这水真脏,"佐知子说。她甩了甩手上的水,把和服两边的袖口一一拧干,然后掸掉膝盖上的泥。"我们进去吧,悦子。这里的虫子越来越让人受不了了。"

"我们不去找万里子吗?天很快就黑了。"

佐知子转过去叫她女儿的名字。万里子已经跑到五十码开外了,眼睛仍然看着河水,似乎没有听见在叫她。佐知子耸耸肩,说:"她一会儿会回来的。现在我得趁天没黑赶紧把东西收拾完。"说完爬上斜坡,朝小屋走去。

佐知子点亮灯笼,挂在一处低木梁上。"别担心,悦子,"她说。"她很快就会回来了。"她走过一地板的各种各样的东西,跟刚才一样在敞开的拉门前坐下。身后，夕阳已经褪去，天色昏暗。

佐知子接着收拾东西。我在房间的另一头坐下，看着她。

"你现在怎么打算的？"我问。"到了神户以后要干什么？"

"全都安排好了，悦子，"她回答说，没有抬头。"不用担心。弗兰克都安排好了。"

"可为什么是神户？"

"他有朋友在那里。在美军基地。他得到了一份货船上的工作，他很快就能回美国了。然后他会寄给我们所需的钱，我们就去美国找他。他都安排好了。"

"你是说，他要先你们离开日本？"

佐知子笑了一声。"人要有耐心，悦子。一旦他到了美国，他就能找到工作、寄钱来。这是目前最可行的方案。毕竟他回到美国后找工作会容易得多。我不介意多等一些时间。"

"我知道了。"

"他都安排好了，悦子。他在神户给我们找好了住的地方，他还安排好到时我们坐的船可以比一般价格低将近一半。"说到这里，她叹了口气。"你不知道离开这个地方我有多高兴。"

佐知子又继续收拾东西。屋外微弱的光线照在她的半张脸上，而她的手和袖子都在灯笼的亮光里。感觉很奇怪。

"你在神户要等很久吗?"我问。

她耸耸肩。"我做好了耐心等待的准备,悦子。人要有耐心。"

光线很暗,我看不清楚她在叠什么;但似乎不好叠,她叠好又打开重新叠,反复了好几次。

"不管怎样,悦子,"她接着说,"他若不是确确实实真心的,干吗要给自己找这个麻烦呢?他干吗要特意为我做这些呢?悦子,有时候你好像很怀疑。你应该为我高兴才是。事情总算开始好转了。"

"是,当然了。我很为你高兴。"

"可说真的,悦子,他特意为我做了这些而你还怀疑他,这是不公平的。相当不公平。"

"是。"

"而且万里子在美国也会过得更好。美国更适合女孩子成长。在那里,她可以做各种各样的事。她可以成为女商人。她可以进大学学画画,然后成为一个艺术家。所有这些事情在美国要容易得多,悦子。日本不适合女孩子成长。在这里她能有什么指望呢?"

我没有回答。佐知子抬头看了我一眼,轻轻笑了笑。

"笑一笑,悦子,"她说。"事情最后会变好的。"

"是,我相信会的。"

"当然会了。"

"是。"

佐知子又继续收拾了一分钟左右,她的手突然停下来,从房间那头朝我看过来。脸上像我刚才描述的那样一半阴、一半亮。

"我想你一定认为我是个傻瓜,"她静静地说。"是不是,悦子?"

我也看着她,有点吃惊。

"我知道我们可能永远见不到美国,"她说。"也知道即使见到了,有多少困难等着我们。你以为我没想过这些吗?"

我没有回答,我们就这么对视着。

"可是那又怎么样?"佐知子说。"那又有什么关系呢?我为什么不应该去神户呢?毕竟,悦子,我会损失什么呢?我伯父的房子里没有什么可以给我的。只有一些空房间,没别的了。我可以找一间坐着,然后慢慢变老。除此之外什么都没有。只有空房间,没别的了。你是知道的,悦子。"

"可万里子呢,"我说。"万里子怎么办?"

"万里子?她会应付得过来的。她得应付过来。"佐知子还是透过昏暗的灯光看着我,半张脸在阴影里。她接着说:"你以为我认为自己是个好母亲?"

我没有回答。突然,佐知子笑了起来。

"我们干吗这样子说话？"她说道，双手又忙活了起来。"一切都会好的，我向你保证。到了美国以后我会给你写信。也许，悦子，也许有一天你还能来看我们。带着你的孩子。"

"是，没错。"

"也许那个时候你已经孩子成群了。"

"是，"我不自然地笑了笑。"谁知道呢。"

佐知子叹了口气，举起双手。"要收拾的东西真多啊，"她咕哝道。"有些东西只好不带了。"

我坐在那里，看着她。几分钟以后，我终于开口说道："你愿意的话，我可以去找万里子。天很黑了。"

"你只会让自己受累，悦子。我快收拾完了，到时她要是还没回来，我们一起出去找她。"

"没关系。我去找找她。天已经全黑了。"

佐知子抬头看了一眼，耸耸肩，说："你最好把灯笼带上，河边很滑。"

我站起来，把灯笼从木梁上拿下来，朝门口走去。阴影随着我的脚步掠过小屋。离开时，我回头看了一眼佐知子。我只看见她的剪影，坐在敞开的拉门前，身后的天空已经全黑了。

我沿着河边走，蚊虫跟着我的灯笼。偶尔有虫子飞进灯笼里出不来，我只好停下来，拿稳灯笼，等虫子找到出来的路。

不久那座小木桥就出现在了我面前。走过木桥时，我在桥上停了一会儿，看着夜晚的天空。我记得在桥上时，一股异样的宁静向我袭来。我倚在栏杆上站了几分钟，听着脚下河水的声音。当我终于转身时，我看见了自己的影子，被灯光投在桥的木板条上。

"你在这里做什么？"我问。小女孩就在我面前，蜷缩在另一边的栏杆底下。我走上前去，好更清楚地看见灯笼底下的她。她看着她的手掌，不发一语。

"你是怎么了？"我说。"你为什么这样子坐在这里？"

灯笼周围聚集了不少虫子。我把灯笼拿到面前，放低，灯光把孩子的脸照得更亮了。过了好久，她才开口说道："我不想走。明天我不想走。"

我叹了口气。"你会喜欢的。每个人对新事物总是有点害怕。可你会喜欢那里的。"

"我不想走。我不喜欢他。他像头猪。"

"你不能这么说话，"我生气地说。我们对视了一会儿，然后她又低头看着她的手。

"你不能这么说话。"我说，语气变缓和了。"他很喜欢你，他会像个新爸爸。一切都会变好的，我向你保证。"

孩子不做声。我又叹了口气。

"不管怎样,"我接着说,"你要是不喜欢那里,我们随时可以回来。"

这一次,她抬起头来,怀疑地看着我。

"是,我保证,"我说。"你要是不喜欢那里,我们就马上回来。可我们得试试看,看看我们喜不喜欢那里。我相信我们会喜欢的。"

小女孩紧紧地盯着我。"你拿着那个做什么?"她问。

"这个?照亮脚下的路而已,就这样。"

"你拿着它做什么?"

"我说了。照亮脚下的路而已。你是怎么了?"我笑了一声。"你干吗这样看着我?我不会伤害你的。"

她一面盯着我,一面慢慢地站起来。

"你是怎么了?"我又问了一遍。

孩子跑了起来,在木板上发出"咚咚咚"的声音。跑到桥头时,她停了下来,怀疑地看着我。我对她笑了笑,拿起灯笼。孩子又跑了起来。

半轮月亮出现在水里,我静静地待在桥上看了几分钟。有一次,我想我在昏暗中看见万里子沿着河岸朝小屋的方向跑去。

第十一章

起初我肯定有人经过我的床,走出房间,轻轻关上门。后来我清醒多了,发现这是多么荒唐的想法。

我躺在床上听着外面的动静。很显然,我听到了隔壁妮基的声音;在这里她一直抱怨睡不好。也有可能根本没有什么声响,我又习惯性地早早就醒过来。

外面传来鸟叫声,可我的房间里仍然一片漆黑。几分钟后,我起来找晨衣。我打开房门时,外面的天色还很朦胧。我朝楼梯平台走去,几乎是下意识地瞥了一眼走廊尽头景子的房门。

突然,一刹那,我肯定从景子的房里传来声响,在屋外的鸟叫声中夹杂着一个微小但清晰的声响。我停下来听,然后迈开脚步朝房门走去。又传来了几个声响,这时我意识到是楼下厨房传来的声音。我在平台上站了一会儿,然后走下楼梯。

妮基从厨房里出来,看见我吓了一跳。

"哦,妈妈,你吓了我一大跳。"

在走廊朦朦胧胧的光线中,我看见她瘦瘦的身子穿着一件浅色晨衣,双手握着茶杯。

"对不起,妮基。我把你当作小偷了。"

我女儿深吸了一口气,但似乎仍惊魂未定。过了一会儿,她说:"我睡不着,就想不如起来冲杯咖啡。"

"现在几点?"

"我想大概五点。"

她走进客厅,留下我一个人站在楼梯脚下。我走进厨房冲了杯咖啡,然后也到客厅去。客厅里,妮基已经拉开窗帘,叉开腿坐在一张硬靠背椅上,呆呆地看着花园。窗外灰蒙蒙的亮光照在她脸上。

"你觉得还会不会下雨?"我问。

她耸耸肩,继续看着窗外。我在壁炉旁坐下,看着她。过了一会儿,她疲惫地叹了口气,说道:

"我睡得不怎么好。老是做噩梦。"

"真让人担心,妮基。你这种年纪不应该有睡眠问题。"

她没说什么,仍旧看着花园。

"你做什么噩梦?"我问。

"哦,就是噩梦。"

"什么噩梦,妮基?"

"就是噩梦,"她说,突然就生气了。"管它是什么噩梦?"

我们都不说话了。过了一会儿，妮基头也不回地说道：

"我想爸爸应该多关心她一点，不是吗？大多数时候爸爸都不管她。这样真是不公平。"

我等着她是不是还要说些什么。然后我说："咳，可以理解。他毕竟不是她的亲爸爸。"

"可是真是不公平。"

我看见外面天快亮了。一只孤零零的小鸟在窗子附近什么地方叽叽喳喳地叫着。

"你爸爸有时相当的理想主义，"我说。"你瞧，那个时候他真的相信我们能在这里给她一个幸福的生活。"

妮基耸耸肩。我看了她好一会儿，然后说："可是你瞧，妮基，我一开始就知道。我一开始就知道她在这里不会幸福的。可我还是决定把她带来。"

我女儿似乎在思索着我的话，过了一会儿转向我说："别傻了，你怎么会知道呢？而且你为她尽力了。您是最不应该受到责备的人。"

我没有回答。她没有化妆的脸显得很年轻。

"不管怎样，"她说，"人有时就得冒险。你做得完全正确。你不能看着生命白白浪费。"

我放下一直握着的咖啡杯，越过她，看着外面的花园。没有要下雨的迹象，天空似乎比前几个早上晴朗。

"要是你接受现实，留在原地，"妮基接着说，"那才是太愚蠢了。至少你尽力了。"

"你说得对。现在我们别说这个了。"

"人要是浪费生命真是太愚蠢了。"

"我们别说这个了，"我语气更加坚定地说。"现在说这些有什么用呢？"

我女儿再次把脸转过去。我们默默地坐了一会儿，然后我站起来，走近窗户。

"今天早上看来天气不错，"我说。"也许会出太阳。要是出太阳的话，妮基，我们出去散散步。散步很有好处。"

"我想是吧，"她咕哝道。

我离开客厅时，我女儿仍旧叉开腿坐在椅子上，一手托着下巴，呆呆地看着外面的花园。

电话响起来时，我和妮基正在厨房里吃早餐。这几天老有电话找她，所以自然是她去接电话。等她接完电话回来，她的咖啡已经冷掉了。

"又是你的朋友？"我问。

她点点头，走过去打开炉子烧水。

"是这样的,妈妈,"她说,"我下午得回去了。行吗?"她站在那里,一手放在水壶柄上,一手放在臀部。

"当然可以。你能来这里我很高兴,妮基。"

"我很快会再来看你的。可现在我真的得回去了。"

"你用不着道歉。如今你过自己的生活很重要。"

妮基转过身去等水开。水槽上方的窗户还有一些雾气,但外面已经出太阳了。妮基冲了咖啡,然后在桌子旁坐下。

"哦,对了,妈妈,"她说。"你记得我跟你提起的那个朋友,在写关于你的诗的那个?"

我微微一笑。"哦,记得。你的朋友。"

"她想让我带张照片什么的回去。长崎的。你有这样的东西吗?旧明信片什么的?"

"我想我可以找一找。太荒唐了"——我笑了一声——"她能写我什么呢?"

"她是个很棒的诗人。她经历了很多事情,你瞧。所以我跟她说了你的事。"

"我相信她一定会写出了不起的诗来,妮基。"

"就旧明信片什么的。让她看看一切都是什么样的。"

"这个嘛,妮基,我不敢肯定。得看得出一切都是什么样的,是吗?"

"你知道我的意思。"

我又笑了一声。"我待会儿给你找找看。"

妮基刚在一片烤面包上涂了些黄油,现在又把黄油刮掉一些。我女儿从小就瘦,却担心变胖,让我觉得好笑。我看了她一会儿。

"话说回来,"我终于说道,"真可惜你今天就要离开。我本打算今晚一起去看电影。"

"看电影?为什么,在放什么?"

"我不知道他们现在放些什么电影。我以为你会清楚些。"

"说真的,妈妈,我们好久没有一起看电影了,不是吗?从我长大以后。"妮基微笑了一下,霎时间她的脸变得孩子气。接着,她放下小刀,盯着自己的杯子。"我也不常看电影,"她说。"在伦敦总有一大堆电影看,可我们不常去。"

"啊,你要是喜欢的话,也可以去看戏。如今有公车直达剧院。我不知道他们现在在演什么,不过我们能查到。本地的报纸是不是在那里,就在你后面?"

"好了,妈妈,别麻烦了。没有什么意义。"

"我想他们不时会演些好戏。相当现代的。报上有。"

"没有什么意义,妈妈。我今天就得回去了。我很想留下来,可是我真的得回去了。"

"当然，妮基。不必道歉。"我给了桌子那头的她一个微笑。"事实上，你有处得来的好朋友，我感到很欣慰。随时欢迎你带他们来这里。"

"好的，妈妈，谢谢你。"

妮基睡的空房间是个简陋的小房间；那天早上，阳光流泻了进来。

"这个给你朋友行吗？"我在门口问道。

妮基正在床边收拾箱子，抬头看了一眼我找到的日历。"可以，"她说。

我走进房间。透过窗子，我可以看见下面的果园和一排排整齐的小树。我手里的日历原本每个月份都有一张照片，如今撕得只剩下最后一张了。我盯着这最后一张照片看了一会儿。

"别给我什么重要的东西，"妮基说。"没有的话也没关系。"

我笑了，把照片跟她的其他东西一起放在床上。"只是一本旧日历，没什么。我也不知道为什么会留着。"

妮基拨了些头发到耳后，继续整理。

"我想，"我终于开口说道，"你打算暂时继续住在伦敦。"

她耸了耸肩。"这个，我在那里很开心。"

"一定要替我向你的朋友们问好。"

"好的，我会的。"

"还有大卫。这是他的名字吧？"

她又耸了耸肩，没说什么。她带了三双不同的靴子回来，现在正想办法装到箱子里去。

"妮基，我想你还没有打算结婚吧？"

"我干吗打算结婚？"

"我问问而已。"

"我干吗要结婚？意义何在？"

"你打算就这么继续——住在伦敦，是吗？"

"我干吗要结婚呢？太愚蠢了，妈妈。"她把日历卷起来、收好。"那么多女人被灌输这种思想，认为生活就是结婚，然后生一大堆孩子。"

我还是看着她。过了一会儿，我说："可说到底，妮基，没别的什么了。"

"天啊，妈妈，我有很多事情可以干。我不想固定下来，然后整天围着丈夫和一大群吵吵闹闹的孩子团团转。你怎么突然唠叨起这个了？"箱子的盖子关不上，妮基不耐烦地直往下按。

"我只是想知道你是怎么打算的，妮基，"我笑了下说。"没必要生这么大的气。你当然要照自己的想法生活。"

她把盖子重新打开，整了整里面的东西。

"好了，妮基，没必要生这么大的气。"

这次，她总算把盖子给关上了。"天晓得我干吗带了这么多东西？"她小声自言自语道。

"你要怎么跟别人说，妈妈？"妮基问。"别人问我去哪儿了，你要怎么跟他们说？"

我女儿决定她可以吃过午饭再走，我俩就从屋后的果园出来散步。太阳还在，可天气很冷。我不解地看着她。

"我就告诉他们你住在伦敦啊，妮基。不是这样吗？"

"我想是。可他们不会问我在干什么吗？像那天沃特斯老太太那样？"

"是啊，他们有时候会问。我就说你和朋友们住在一起。说真的，妮基，我不知道你那么在乎人们对你的看法。"

"我没有。"

我们继续慢慢地走着。许多地方很泥泞。

"我想你不太喜欢，对不对，妈妈？"

"喜欢什么，妮基？"

"我的做法。你不喜欢我搬出去。还有和大卫住啊，等等。"

我们来到了果园尽头。妮基跨出园子，走上一条弯弯曲曲的小路；她走到路的对面，朝一片原野的几扇木门走去。我跟在她后面。草地很大，从我们面前缓缓地升上去。在最高点有两棵瘦瘦的假挪威槭映着蓝天。

"我并不为你感到羞耻，妮基，"我说。"你应该按照自己的想法生活。"

我女儿注视着原野。"以前这里有马，不是吗？"她说，举起双手去摸木门。我放眼望去，没有看见马。

"说来奇怪，"我说道。"我记得我刚结婚时，我和我丈夫吵了起来，因为他不想和他父亲住在一起。你瞧，那时的日本，子女还是应该跟父母住一起的。我们为此吵个不停。"

"我敢说你一定觉得轻松多了，"妮基说道，视线没有离开原野。

"轻松？为什么？"

"因为不用和他父亲一起住。"

"相反，妮基。我更愿意他和我们一起住。再说，他妻子不在了。日本传统的生活方式一点儿也不坏。"

"你现在当然会这么说了。可我敢说你那时肯定不是这么想的。"

"可是妮基，你真的不明白。我非常喜欢我的公公。"我看了她一会儿，最后还是笑了笑。"也许你说得对。也许他不和我们一起住我是轻松多了。我记不清了。"我伸出手去摸木门的顶端。一些水汽沾到了我的手指上。我发现妮基在看我，就把手举给她看。"还有些霜，"我说。

"你还常常想日本吗,妈妈?"

"我想是的。"我又转回去看着原野。"我会回忆一些往事。"

两匹小马出现在假挪威槭附近。一时间,它们静静地站在那里,并排站在阳光下。

"我今天早上给你的那本日历,"我说。"上面是长崎港口的风景。今天早上我想起有一次我们到那里去,一次郊游。港口周围的那些山非常漂亮。"

那两匹小马慢慢地走到树后面去。

"有什么特别的?"妮基问。

"特别?"

"你们去港口的那天。"

"哦,没什么特别的。我刚好想到,就这样。那天景子很高兴。我们坐了缆车。"我笑了一声,转向妮基。"对,没什么特别的。只是件快乐的往事,仅此而已。"

我女儿叹了口气,说:"这里好安静啊。我都不记得有这么安静了。"

"是啊,比起伦敦,这里一定显得很安静。"

"我想你一个人住在这里有时候一定有点无聊。"

"可是我喜欢安静,妮基。我一直觉得这里最像英国。"

我的视线离开原野,回头看着我们身后的果园。

"我们刚来这里的时候没有那些树,"过了许久,我说道,"一整片都是原野,你从这里就可以看见房子。你父亲刚带我到这里来的时候,妮基,我记得我觉得这里的一切都那么像英国。原野啊,房子啊。正是我一直以来想像中的英国的样子,我高兴极了。"

妮基深吸了一口气,离开木门,说:"我们回去吧,我得赶紧走了。"

我们重新穿过果园时,天空似乎又布起了乌云。

"前些日子我突然想到,"我说,"也许现在我该把房子卖了。"

"卖了?"

"是啊。也许该换个小一点的房子。我想想而已。"

"你想把房子卖了?"我女儿担心地看着我。"可这房子很好。"

"但如今太大了。"

"可这房子很好,妈妈。卖掉太可惜了。"

"我想也是。我想想而已,妮基,没别的。"

我本想送她去火车站——离这里不过几分钟的路——可这似乎会让她不自在。午饭后不久她就走了,一副奇怪的、难为情的样子,好像她是没有经过我的同意离开的。下午天空转阴了,起了风,我站在门口看着她走到车道尽头。她穿着和来时一样的紧身衣,有点费力地拖着箱子。到门口时,妮基回头看了一眼,发现我还站在门口,似乎有点吃惊。我笑了笑,朝她挥挥手。

译后记

读完整部作品，感觉就像它的标题所示，留给读者的只是一个模糊的印象、一种淡淡的感觉，整部书连一个完整的故事情节都没有，留下无数的空白让读者自己去想象。而且，即便是已知的信息，也得靠读者自己从小说的字里行间一块块拼起来，小说中没有多少介绍故事背景、人物来龙去脉之类的说明性文字。

构成这本书的是主人公悦子零碎的回忆。回忆是石黑的作品里最重要的题材。正如书中说的："回忆，我发现，可能是不可靠的东西。"悦子的回忆充满矛盾和空白。回忆不仅由于时间的流逝变得模糊，而且是非常主观的东西，加入了人的情感和选择。石黑说："我喜欢回忆，是因为回忆是我们审视自己生活的过滤器。回忆模糊不清，就给自我欺骗提供了机会。作为一个作家，我更关心的是人们告诉自己发生了什么，而不是实际发生了什么。"石黑一雄关心的不是外部的现实世界，而是人复杂的内心世界。通过扭曲的回忆所反映的微妙的东西可以帮助人们窥探这个世界：为什么他在这个时候想起这件事？他对这件事是什么感觉？他说他记不清发生了什么事，却还是要说给我们听，那么读者能相信他多少？等等。

总之，石黑笔下的主人公的回忆是扭曲的，读者不能完全相信，很可能要带着批判的眼光阅读第二遍。比如，书的一开始就是故事矛盾激化的地方：景子自杀了。可是接下来并没有解释为什么自杀，转而开始回忆悦子在二战后的长崎与一位友人的一段友谊。读者会想：怎么讲到另一件事去了？她对女儿的自杀心情如何？她女儿为什么自杀？

读完全书，大家都会觉得悦子和佐知子其实是同一个人，景子其实也就是万里子。石黑说："我希望读者能明白她的故事是通过她朋友的故事来讲的。"不管佐知子母女是不是真有其人，悦子利用她们做掩护，精心编织了一个看似是别人的故事，想藏在别人的面具之下来减轻自己的罪恶感。读者可能从一开始就怀疑是这样，但找不到确实的文本证据。到了书的最后，"那天景子很高兴。我们坐了缆车。"淡淡一句就戳破了悦子在整本书中精心设计的谎言。她的心理防线在最后还是崩溃了，她不想或者忘了伪装。书的戏剧效果极强。

为什么要这样写，石黑的解释是，当时他在伦敦收留无家可归者的慈善机构里做社工，"我有很多时间和无家可归的人在一起，我倾听他们的故事，听他们说怎么会到这里来，我发现他们不会直截了当、坦白地说他们的故事。""我就觉得用这种方法写小说很有意思：某个人觉得自己的经历太过痛苦或不堪，无法启口，于是借用别人的故事来讲自己的故事。"

小说始终没有交待景子到底为什么自杀，悦子为什么离开日本（悦子为自己设计的在长崎的形象是一个传统的、尽本分的妻子，与她后来离开丈夫、离开祖国的大胆行为相去甚远。）悦子回忆的重点不是她们具体怎样离开日本到达英国，也不是景子在英国到底过得如何（景子在英国的生活我们可以从悦子本身少量的叙述中看出来，也可以从妮基对景子的回忆中窥见一斑。景子一直与这个异国新家格格不入，后来更是自我封闭、有点病态，最终导致自杀）。悦子的回忆集中在去与留的抉择。这反映出悦子心里深知景子悲剧的根源在日本，景子的自杀触发了悦子内心长期以来的担忧：自己选择离开日本的决定到底对不对？

对于离开日本的决定，按佐知子自己（我们把她看作悦子的代言人）的话说："我是个母亲，我女儿的利益是第一位的。""万里子在美国会过得很好的……那里更适合孩子的成长。在那里她的机会更多，在美国女人的生活要好得多。""日本不适合女孩子成长。在这里她能有什么指望呢？"

虽然佐知子口口声声去美国都是为了女儿，但是读者能体味到去美国似乎更符合佐知子自己的愿望和利益，而不是万里子的。从主观愿望来说，万里子不愿意去美国，想回安子阿姨家，讨厌那个美国酒鬼。万里子甚至在她们第一次准备离开的时候试图上吊自杀。当然，在佐知子的回忆里把它说成是一个从树上摔下来的小意外。从客观条件来说，回安子阿姨家对万里子来说意味着稳定的生活，去美国则存在着很多不确定因素，是很冒险的举动。然而对佐知子来说，她伯父家只是个有无数空房间的坟墓，美国则是一个充满可能性的国家。这是她从小的梦想，在日本饱经战乱之苦后，这种向往异国的心情更加强烈。所以纵使弗兰克不是一个十分可靠的人，却是她改变现状唯一的希望。

就算佐知子确实是为了女儿好（不冒点险怎么能变得更好呢？），她在母女关系上处理得也不是很好。她们的关系大部分时候都很紧张，她时常把万里子一个人撇在家里。这种紧张在淹死小猫的事件上达到高潮。她没有如约让万里子带着小猫回到安子阿姨家，很明显后来也没有像她保证的那样："你要是不喜欢那里，我们随时可以回来。"桥上悦子与万里子谈话的那一幕，评论家们基本上都认为实际上就是她们母女俩在谈话。这无疑是说服万里子去美国的一次重要的对话，回忆到这里时，当时的情形又清清楚楚地浮现在眼前，悦子无意中就跨过了旁观者的界限，变成了当事人。此时故事接近尾声，悦子与她的代言人之间的界限变得十分模糊，而到了最后就如前面所说的彻底崩溃。

悦子一会儿安慰自己："我离开日本的动机是正当的，而且我知道我时刻把景子的利益放在心上。"一会儿又说："我一开始就知道她在这里不会幸福的。可我还是决定把她带来。"她的一生都在做着激烈的良心斗争，当她的担心最终变为现实时——景子用自杀结束了自己不开心的一生——这种斗争达到了高潮。景子死后，悦子心中充满自责和悔恨。

从"时钟时间"计算，小说的时间跨度是妮基来看望悦子的那五天。这五天里，悦子想起了大约二十年前在长崎的往事，"心理时间"的跨度长达二十几年。作者似乎将她的一生浓缩在这几天里。故事一会儿发生在距离现代较近的英国，一会儿又回到遥远的战后的长崎。因为利用回忆，作者就可以轻易地在各个不同的时空（物理时空与心理时空）之间跳来跳去，无需多费笔墨加以交待，过去与现在交织在一起，造成了一种亦真亦幻的效果。

小说以战后的长崎为背景。一个关键词就是：改变。事物在变（重建正在如火如荼地进行，如佐知子的表姐说的："我肯定春天的时候是没有那些楼的。"读者就能直观地感受到），人心也在变。书中虽然没有一个地方直接描写原子弹爆炸，但原子弹爆炸带来的阴影却无处不在。首先，悦子、佐知子和藤原太太都在原子弹爆炸中失去了很多，可是她们对战后生活的态度却迥然不同。积极乐观、向前看的藤原太太安心地经营着小小的面店，悦子和佐知子则不能像藤原太太那样坦然接受现实生活。其次，儿童是战争首当其冲的受害者，战争中儿童的利益往往最容易被牺牲。经历了战争的万里子对大人感到恐惧、不信任。再者，绪方先生所代表的旧价值观受到了以松田重夫为代表的新价值观的强烈挑战。夫妻间的关系也开始发生变化。

石黑以自己的家乡长崎作为处女作的背景自然与他的身世分不开，但他也一再强调读者不要把他的作品与某个特定的历史时期对号入座（比如他的另外一部小说《长日将尽》是以两战期间的英国为背景，《我辈孤雏》则是以三十年代的上海公共租界为背景）。他希望人们更多地把他的小说看成是隐喻和象征。选择故事发生在这里而不是那里更多的是技巧上的需要，而不是内容上的需要。他通常是故事、主题已经成形在胸了，最后才为故事寻找适合的地点。比如此书场景最初设置在英国康沃尔郡，而不是长崎。作者无意写一本历史小说，本书的中心还是探讨内疚和自欺的。

此外，石黑也一再强调他对背景的描写也不是如实描绘，只是取其典型。他认为如今的小说没有必要像十九世纪时那样细致入微地描写风景，因为电视、电影等媒体在写实方面比小说更有优势。小说家只需用几个关键词引起读者联想就够了。例如，介绍佐知子的小屋时，石黑只说"是乡下常见的那种木屋子，斜斜的瓦屋顶都快碰到地面了"，剩下的就靠读者自己去联想了。石黑对日本的印象除了儿时的记忆和父母的言传身教以外，还来自五十年代的日本电影，例如小津安二郎、黑泽明和成濑巳喜男的电影。

另外，书中平淡之中见辛辣讽刺的地方也比比皆是。例如，举世闻名的和平雕像就被作者揶揄了一番：

我一直觉得那尊雕像长得很丑，而且我无法将它和炸弹掉下来那天发生的事以及随后的可怕的日子联系起来。远远看近乎可笑，像个警察在指挥交通。我一直觉得它就只是一尊雕像，虽然大多数长崎人似乎把它当作一种象征，但我怀疑大家的感觉和我一样。

然而你不得不佩服他的角度很新颖，说法也不无道理。

此书出版于1982年，是石黑的处女作。其中的很多东西成了他日后的标志,如:第一人称叙述、回忆、幽默与讽刺、国际化的视角等。

  石黑的第一部作品就获得了英国皇家学会颁发的温尼弗雷德·霍尔比纪念奖。虽然这部书出版至今已经快三十年了,但仍在不断重印。它的艺术价值和魅力得到了时间的检验,探讨人性的主题也永远不会过时,现在读来仍令人唏嘘感慨。

译 者

附录：石黑一雄诺贝尔奖获奖演说
我的二十世纪之夜及其他小突破

如果你在一九七九年的秋天遇见我，你会发现你很难给我定位，不论是社会定位还是种族定位。我那时二十四岁。我的五官很日本。但与那个年代大多数你在英国碰见的日本男人不同，我长发及肩，还留着一对弯弯的悍匪式八字须。从我讲话的口音里，你唯一能够分辨出的就是：我是一个在英国南方长大的人，时而带着一抹懒洋洋的、已经过时的嬉皮士腔调。如果我们得以交谈，我们也许会讨论荷兰的全攻全守足球队，或者是鲍勃·迪伦的最新专辑，或者是刚刚过去的一年里我在伦敦帮助无家可归者的经历。如果你提起日本，问我关于日本文化的问题，你也许会在我的态度中察觉到一丝不耐烦——我会宣称我对此一无所知，因为我自从五岁那年离开日本起，就再未踏足那个国度——甚至都没有回去度过一次假。

那年秋天，我背着一个旅行包，带着一把吉他和一台便携式打字机，来到了诺福克郡的巴克斯顿———一个英国小村庄，有着一座古老的水磨坊，四周是一片平坦的农田。我之所以来到这里，是因为我被东英吉利大学的一个创造性写作研究生课程所录取，学时一年。那所大学就在十英里外，在主教座堂所在的诺威奇市，但我没有汽车，所以我去那里的唯一途径就是搭乘一趟只有早、中、晚三班的巴士。但我很快发现，这一点并没有给我带来多少麻烦：我一般一周只需去学校两次。我在一栋小房子里租了一个房间，房主是一个三十多岁的男人，他的妻子刚刚离他而去。无疑，于他而言，这栋房子充斥着破碎旧梦的幽灵———但也许他只是不想见我吧；总之，我经常一连数天都不见他的踪影。换句话说，在经历了那段疯狂的伦敦岁月后，我来到了这里，直面这超乎寻常的清幽与寂寞，而我正是要在这幽寂中将自己变成一个作家。

事实上，我的小房间确实很像经典的作家阁楼。天花板的坡度之陡简直要让人得幽闭恐惧症———尽管我踮起脚尖，就能透过一扇窗户看见大片的耕田无尽地延伸到远方。房间里有一张小桌子，桌面几乎被我的打字机和一盏台灯完全占满了。地板上没有床，只有一大块长方形的工业泡沫塑料，拜它所赐，我在睡梦中没少流汗，哪怕是在诺福克那些冰冷刺骨的夜晚。

正是在这个房间里，我认真审读了我夏天完成的两个短篇小说，思忖着它们究竟够不够格，可不可以提交给我的新同学们。（据我所知，我们班级里有六个人，两周碰一次头。）我到那时为止还没有写过多少值得一提的小说类作品，能够被研究生课程录取全凭一部被 BBC 退稿的广播剧。事实上，在此之前，我二十岁的时候就已经定下了成为摇滚歌星的明确打算，我的文学志向是直到不久前才浮上心头的。我此刻审视的两个短篇是慌乱之中匆匆草就的，因为我那时刚刚得知自己被大学写作课程录取了。其中一篇写的是一个可怕的自杀契约，另一篇写的是苏格兰的街头斗殴——我在苏格兰做过一段时间的社工。这两篇写得都不好。于是我另开新篇，这次写一名少年毒死了自己的猫，背景同样设定在当今的英国。然后，一天晚上，在我待在那个小房间里的第三或是第四周，我发现自己开始以一种全新的、紧迫的热情写起了日本——写起了长崎，我出生的那座城市——在二战最后的那些日子。

这件事，我需要指出，对当时的我来说可谓出乎意料。今天，在当下盛行的文坛风气中，一位有多元文化背景、渴望成就一番事业的年轻作家几乎会本能地在创作中"寻根"。但那时的情况根本不是这样。我们距离"多元文化"在英国的大爆发还有几年光景。萨尔曼·拉什迪那时默默无闻，名下只有一部已经绝版的小说。那时你向别人问起当下最杰出的年轻英国作家，得到的回答很可能是玛格丽特·德拉布尔；至于老一辈的作家，则有艾丽丝·默多克、金斯利·艾米斯、威廉·戈尔丁、安东尼·伯吉斯、约翰·福尔斯。像加夫列尔·加西亚·马尔克斯、米兰·昆德拉、博尔赫斯这样的外国人只有极小众的读者，即便是阅读面颇广的人也对他们的名字毫无印象。

当时的文坛风气就是这样。因此，当我完成了首个关于日本的短篇时，尽管我感觉自己发现了一个重要的新方向，心中却也不免随即升起了一层疑云，不知这场冒险究竟算不算是一种自我放纵——也不知我究竟是否应该赶快回到"正常"的题材轨道上来。我再三犹豫之后，才开始将这篇作品分发给大家看；直到今日，我依然深深地感激我的同学们，感激我的两位导师——马尔科姆·布拉德伯里与安吉拉·卡特，感激小说家保罗·贝利——他是当年的大学驻校作家，感激他们对我这部作品坚定的鼓励。如果他们的反应不是那么正面的话，也许我就再也不会碰任何有关日本的题材了。但我是幸运的。我回到房间里，开始写啊写。一九七九年到一九八〇年的那整个冬天，连带着半个春天，除了班里的五位同学，村里的食品杂货店老板（我仰赖他的早餐麦片和羊腰子为生），还有我的女朋友洛娜（如今是我的太太）——她每两周就会在周末来看我一次——我几乎不跟任何人说话。这样的生活有失平衡，但在那四五个月里，我的头一部长篇小说——《远山淡影》——完成了一半。这部作品同样设置在长崎，在原子弹落下后从核爆中走出的那些岁月。我记得，这段时期我也曾动过念头，想创作几篇不以日本为背景的短篇小说，却发现自己对此很快意兴阑珊。

那几个月对我来说至关重要——如果不是因为这段经历，我可能永远也不会成为一名作家。从那以后，我经常回首往事，不断地问自己：我这是怎么啦？这股奇特的力量究竟从何而来？我的结论是，在我生命中的那一个节点，我忽然全身心投入一项急切的"保存"工作。要解释这一点，我就得把时钟再往前拨。

* * *

一九六〇年四月，也就是我五岁那年，我随父母同姐姐一道来到萨里郡的吉尔福德镇，这里位于伦敦以南三十英里的那片富裕的"股票经纪人聚居区"。我的父亲是一位科学研究人员——一位前来为英国政府工作的海洋学家。顺便提一句，他后来发明的机器成为了伦敦科学博物馆的永久藏品。

我们到来不久后拍摄的照片展现的是一个已经消逝的英国。男人们穿着 V 字领羊毛套衫，打着领带，汽车上依然有踏板，车后面挂着一个备胎。披头士，性革命，学生抗议活动，"多元文化主义"全都即将到来，但很难想象我们全家初遇的那个英国对此有半点预感。碰见一个从法国或意大利来的外国人已经够了不得了——更别提从日本来的了。

我们家住在一条由十二栋房子组成的死巷中，这里刚好是水泥道路的终点与乡村郊野的起点。从这里只需步行不到五分钟，就能来到一片当地的农场，还有成队的奶牛沿着田间小径来回跋涉。牛奶是靠马车配送上门的。我初来英国的那些日子里，有一道屡见不鲜的景观是我直到今日还清楚记得的，那就是刺猬——这些漂亮可爱、浑身是刺的夜行生灵那时在乡间到处都是；夜间，它们被车轮轧扁，遗留在了晨露中，然后被干净利落地码在路边，等待着清洁工来收走。

我们所有的邻居那时都上教堂，我去找他们的孩子玩耍时，我注意到他们吃饭前都要说一句简短的祷词。

我进了主日学校，很快就加入了唱诗班；到我十岁时，我成为了吉尔福德的首位日裔唱诗班领唱。我上了本地的小学——我是学校里唯一的外国学生，或许也是该校有史以来的唯一一位——到我十一岁时，我开始坐火车去上邻镇的一所文法学校，每天早上都会和许许多多穿着细条纹西装、戴着圆顶礼帽、赶往伦敦的办公室上班的男人们共享一节车厢。

到了这时，我已经完全掌握了那个年代的英国中产阶级孩子所应遵循的一切礼仪。去朋友家做客时，我知道一有成人进屋，我就要马上立正。我学会了在用餐时如果需要下桌，必须征得许可。作为街区里唯一的外国男孩，我在当地甚是出名，走到哪里都有人认得。其他孩子在遇见我之前就已经知道我是谁了。我完全不认识的陌生成年人有时会在大街上或是当地的小店里直呼我的名字。

当我回首那段经历，想起那时距离二战结束还不到二十年，而日本在那场大战中曾经是英国人的死敌时，我总是惊诧于这个平凡的英国社区竟以如此的开阔心胸与不假思索的宽宏大量接纳了我们一家。对于经历了二战，并在战后的余烬中建立起一个令人叹为观止的崭新福利国家的那代英国人，我心中永远保留着一份温情、敬意与好奇，直至今日，而这份情感很大程度上来源于我在那些年里的个人经历。

但与此同时，我在家中却又和我的日本父母一起过着另一种生活。家中，我面对的是另一套规矩，另一种要求，另一种语言。我父母最初的打算是，我们一年后就回日本，或者两年。事实上，我们在英国度过的头十一年里，我们永远都在准备着"明年"回国。因此，我父母的心态一直都是把自己看作旅居者而非移民。他们经常会交换对于当地人那些奇风异俗的看法，全然不觉有任何效法的必要。长久以来，我们一直认定我会回到日本开

225

启我的成人生活，我们也一直努力维系我的日式教育。每个月，从日本都会寄来一个邮包，里面装着上个月的漫画、杂志与教育文摘，这一切我都如饥似渴地囫囵吞下。我十几岁时的某一天，忽然不再有日本来的邮包了——也许那是在我祖父去世之后——但我父母依然谈论着旧友、亲戚，还有他们在日本的生活片段，这一切都继续向我稳定地传输着画面与印象。另外，我一直都储藏着我自己的记忆——储量惊人地大，细节惊人地清晰：我记得我的祖父母，记得我留在日本的那些我最喜爱的玩具，记得我们住过的那栋传统日居（直到今日我依然能在脑海里将它逐屋重构出来）、我的幼儿园、当地的有轨电车站、桥下那条凶猛的大狗，还有理发店里那把为小男孩特制的椅子，大镜子前面有一个汽车方向盘。

这一切造成的结果就是，随着我逐渐长大，远在我动过用文字创造虚构世界的念头之前，我就已经忙不迭地在脑海里构建一个细节丰富、栩栩如生的地方了，而这个地方就叫做"日本"，那是我某种意义上的归属所在，从那里我获得了一种身份认同感与自信感。那段时间我的身体从未回过日本一次，但这一点反倒使得我对那个国度的想象更加鲜活，更加个人化。

而保存这一切的需求也就由此而来。因为，到了我二十五岁的时候，我渐渐得出了几个关键性的认识——尽管当时我从未清晰地将其付诸言语。我开始接受几个事实：也许"我的"日本并不与飞机能带我去的任何一个地方相吻合；也许我父母谈论的那种生活方式——我所记得的那种我幼年时的生活方式——已经在一九六〇年代和一九七〇年代基本消失了；无论如何，存在于我头脑中的那个日本也许只是一个孩子用记忆、想象和猜测拼凑起来的情感构建物。也许最重要的是，我开始意识到，随着我年齿渐长，我的这个日本——这个伴随我长大的宝地——正变得越来越模糊。

我不确定驱使我在诺福克的那间小屋里奋笔疾书的究竟是不是这样一种情感——"我的"日本既独一无二，又极端脆弱，因为那是某种无法通过外界得到印证的东西。我所做的就是用纸和笔记下那个世界独特的色彩、道德观念、礼仪规范，记下它的尊严、它的缺陷，以及我对它所思所想的一切，赶在它们从我的脑海中消逝以前。我的愿望是，在小说中重建我的日本，保护它免遭破坏；从此以后，我就可以指着一本书，说："是的。那里就是我的日本。就在那里。"

* * *

三年半后，一九八三年春，洛娜和我身处伦敦，住在一栋高高窄窄的房子顶楼的两个房间里，这房子本身又建在城市最高点之一的一座小山上。那附近有一座电视信号塔，每当我们想要听唱片时，幽灵般的广播人声总是会时断时续地侵入我们的音箱。我们的客厅里没有沙发和扶手椅，只有放在地上的两个床垫，上面铺着软垫。房间里还有一张大桌子，白天我在上面写作，晚上我俩在上面吃饭。这居所不怎么奢华，但我们都很喜欢。前一年我刚出版了我的首部长篇小说，我还为一部电影短片写了剧本，短片很快就要在英国电视台播放了。

有一阵子，对于我的首部长篇我还是颇引以为豪的，但是到了那年春天，一种挠心般的不满感开始露头。问题出在这里：我的首部长篇和我的首个电视剧本太相似了。相似点不在于主题素材，而在于方法和风格。我越看这件事，就越觉得我的小说像是一个剧本——对白加上表演指导。某种程度上说，这一点并无大碍，但我此刻的愿望是创作一部只能以书页传达的小说。如果我的小说带给别人的体验与看电视大同小异，那么这样一部小说又有什么创作的必要呢？如果文字小说不能提供给读者某种独有的、其他媒介无法呈现的东西，那它又怎敢奢望能对抗电影和电视的力量呢？

就在这时，我害了一场病毒感染，卧床休息了几日。等到我挨过了病痛的高峰期，不再整天昏昏欲睡了，我发现被褥中折磨了我好一阵子的那件沉甸甸的东西居然是一本普鲁斯特的《追忆似水年华》第一卷（*Remembrance of Things Past*，当时的书名就是这么译的）。就这样，我开卷读了起来。我当时依然发着烧，这或许也是一个推波助澜的因素，但总之我被"序言"和"贡布雷"两部分完全迷住了。我读了一遍又一遍。除了这些章节本身纯粹的美感，我还为普鲁斯特从一个章节衔接到另一个章节的手法所倾倒。事件与场景的排列并不遵循通常的时间次序，也不遵循线性的情节发展。相反，发散的思绪联想，或是记忆的随性游走在章节与章节间推进着文字。有时，我发现自己在问这样的问题：这两个看似毫不相干的瞬间为何会在叙述者的头脑中并列出现？忽然间，我为我的下一部小说找到了一种激动人心、更加自由的创作方式——一种能够让丰富的色彩跃然纸上的创作方式，一种能够描绘出银幕无法捕捉的内心活动的创作方式。如果我也能够用叙述者的那种思维联想与记忆漂流在段落与段落间推进，我就能像一位抽象画家在画布上随心所欲地放置形状与色彩那样创作小说了。我能将两天前的一幕场景与二十年前的另一幕场景并置，请读者去思考两者间的联系。我开始思考，每个人对于自我和过去的认知都是笼罩在自我欺骗与否认真相的层层迷雾之中的，而这样一种创作方式也许能够助我揭示这一层又一层的迷雾。

＊　　＊　　＊

　　一九八八年三月，我三十三岁。这时我们有了沙发，我正横躺在沙发上，听着一张汤姆·威兹的专辑。一年前，洛娜和我在南伦敦一个并不时尚但温馨惬意的城区中买下了我们自己的房子，而就在这栋房子里，头一次，我有了自己的书房。书房很小，连房门都没有，但能够把稿纸四处铺开，再不必每天晚上把手稿收好，这一点依然令我激动不已。正是在那间书房里——或者说，我相信是在那里——我刚刚完成了我的第三部长篇小说。这是我的第一部不以日本为背景的长篇——我的前两部作品已经让那个只属于我个人的日本不那么脆弱了。事实上，我的新书——我将为它取名《长日将尽》——乍看上去英国化得无以复加，尽管——这是我的希望——不是以老一辈英国作家的那种方式。我非常留意地提醒自己，不要预先假定——因为我知道，许多老一辈作家正是这样假定的——我的读者都是英国人，对于英式的微妙情感与执念烂熟于心。到了那时，萨尔曼·拉什迪与Ｖ·Ｓ·奈保尔这样的作家已经为一种更加国际化、更加面向外部世界的英国文学开辟了道路，这样一种新英国文学并不理所当然地将英国放在中心位置。他们的创作是最广泛意义上的后殖民文学。我也想像他们一样，写一部能够轻易穿越文化与语言边界的"国际"小说，与此同时却又将故事设定在一个英国独有的世界中。我这个版本的英国会是一个传说中的英国，它的轮廓，我相信，已经存在于全世界人民的想象之中了，包括那些从未踏足这个国度的人。

我刚刚完成的这个故事写的是一个英国管家，在人生的暮年，为时已晚地认识到他的一生一直遵循着一套错误的价值观；认识到他将自己的大好年华用来侍奉一个同情纳粹的人；认识到因为拒绝为自己的人生承担道德责任与政治责任，他在某种深层意义上浪费了人生。还有：在他追求成为完美仆人的过程中，他自我封闭了那扇爱与被爱的大门，阻绝了他自己与那个他唯一在意的女人。

我把手稿通读了几遍，感觉还算满意。不过，一种挠心感依然挥之不去：这里头还是缺了点什么。

就这样，如我所说，一天晚上，我躺在屋里的沙发上，听着汤姆·威兹。这时，汤姆·威兹唱起了一首叫做《鲁比的怀抱》的歌。也许你们当中有人听过这首歌。（我甚至想过要在此刻为你们唱上一曲，但最终我改了主意。）这首情歌唱的是一个男人，也许是一名士兵，将熟睡的爱人独自留在了床上。正值清晨，他一路前行，登上了火车。演唱者用的是美国流动工人的那种低沉粗哑的嗓音，完全不习惯表露自己的深层情感。这时，就在歌曲唱到半当中的时候，在那一刻，歌手突然告诉我们，他的心碎了。这一刻感人至深，让人几乎不可能不动容，而这份感动恰恰来自于一种张力，张力的一头是这种情感本身，另一头是为了宣告这份情感而不得不克服的巨大阻力。汤姆·威兹用一种飞流直下的宣泄唱出了这句歌词，你能感受到一个将情感压抑了一辈子的硬汉在无法战胜的伤悲面前终于低头了。

我一边听着汤姆·威兹，一边认识到了我还需要做什么。之前，我不假思索地做出了一个决定：我笔下的这位英国管家会坚守住自己的情感防线，躲在这道防线后面，既是躲避自己，也是躲避读者，直到全书告终。可现在，我知道我必须推翻这一决定。在某个时刻，在故事临近尾声时——一个我必须精心选择的时刻——我必须让他的盔甲裂开一道缝。我必须让他流露出一种巨大的、悲剧性的渴望——渴望有人能够窥见那盔甲之下的真容。

这里，我得说一句，除了这件事，我还不止一次地从歌手的声音中得到过其他至关重要的启迪。我在这里指的并不是唱出来的歌词，而是演唱本身。我们知道，歌唱的人声能够传达复杂得超乎想象的情感混合物。这些年来，我作品的某些细节方面尤其受到了鲍勃·迪伦、妮娜·西蒙娜、埃米卢·哈里斯、雷·查尔斯、布鲁斯·斯普林斯汀、吉利恩·韦尔奇，还有我的朋友兼合作者史黛西·肯特的影响。我从他们的声音中捕捉到了某种东西，然后对自己说:"啊,没错。就是这个。这就是我在这一幕中需要捕捉的东西。与之非常接近的东西。"那时常是一种我无法用文字表达的情感,但它确实就在那里,在歌手的声音里,而现在我得到了一个可以瞄准的目标。

* * *

一九九九年十月,我应德国诗人克里斯托夫·霍伊布纳代表国际奥斯威辛委员会之邀,参观了这座前集中营,并在这里度过了数日。我的居所安排在了奥斯威辛青年会议中心,就在第一座奥斯威辛集中营与两英里外的比克瑙死亡集中营之间的公路上。有人引领我遍访了这几处旧址,我在那里与三名幸存者进行了非正式的会面。我感觉自己接近了——至少是在地理位置上——那股黑暗力量的核心,而我这一代人正是在它的阴影之下成长的。在比克瑙,那是一个阴湿的午后,我站在毒气室的残砖碎瓦前——如今它奇异地被人遗忘了,荒废了——从德国人当年将它炸毁,赶在红军到来前逃之夭夭的那天起,这里几乎就再没有被人动过。如今它只是一堆湿漉漉的、破碎的水泥板,暴露在波兰严酷的气候中,一年更比一年残破。这处遗址应该被保护起来吗?应该在它的头顶上建起一个有机玻璃穹顶,把它保留下来,让我们的子孙后代得以亲眼目睹这里吗？还是说，我们就应该让它慢慢地、自然地朽烂瓦解，化作尘土？在我看来，这个沉重的问题象征着一个更大的两难抉择。这样的记忆应该如何保存？玻璃穹顶会将这些邪恶与苦难的遗迹化作波澜不惊的博物馆展品吗？我们应该选择哪些记忆？何时反倒不如忘却，轻装前行？

那年我四十四岁。在此之前，我一直将二战以及那场战争的恐怖与荣耀看作是我父母那一代人的。但此时此刻，我忽然意识到，要不了多久，许多亲眼见证了这些重大事件的人就将离开人世了。然后呢？记忆的重担就会落在我这一代人身上吗？我们没有经历过战争岁月，但抚养我们长大的父母们——他们的人生都被这场战争打上了不可磨灭的印记。而我——如今是一个向大众讲述故事的人——我是否肩负着一项迄今为止我都尚未意识到的责任呢？这责任是否就是向我们的后代尽己所能地传递我们父母辈的记忆与教训？

此后不久，我在东京的一群听众面前做了一次演讲，一位听众向我提问——这问题我经常碰到——接下来我打算写什么。接着，提问者更加明确地指出，我的作品经常写那些经历过社会与政治巨变的个体，当这些人物回顾人生时，总是挣扎着试图接纳自己那些阴暗的、耻辱的记忆。她问道，我未来的作品会继续涉猎这一领域吗？

我发现自己给出的是一个没有准备的回答。是的，我说，我经常写那些在遗忘与记忆之间挣扎的个体。但未来，我真正想写的故事是一个国家或一个群体是如何面对同样的问题的。国家记忆与遗忘的方式也与个体相似吗？还是说，两者有着本质的区别？国家的记忆究竟是什么？保存在哪里？又是如何被塑造、被操纵的？是否在某些时刻，遗忘是终结冤冤相报、阻止社会分裂瓦解、陷入战乱的唯一途径？而另一方面，稳定、自由的国家能否真的建立在蓄意的遗忘与正义的缺席之上？我听到自己对提问者说，我想要找到一个写出这些主题的途径，但不幸的是，我暂时恐怕还办不到。

* * *

二〇〇一年初的一个晚上，在北伦敦我们家（我们这时的居所）漆黑的客厅里，洛娜和我开始观看一部一九三四年霍华德·霍克斯执导的电影，片名叫做《二十世纪》（电影是录在一盘 VHS 录像带上的，画质尚可）。我们很快发现，片名指的并非是我们此刻刚刚告别的那个世纪，而是指那个年代非常出名的一列联结纽约与芝加哥的豪华列车。你们当中一定有人知道，这部电影是一出快节奏的喜剧，场景大部分都是在列车上，讲的是一个百老汇的制片人越来越绝望地试图阻止自己的头牌女演员转投好莱坞，踏上影星路。电影的压轴戏是约翰·巴里莫尔那令人叫绝的喜剧表演，他是那个时代最伟大的演员之一。他的面部表情，他的手势，他吐出的每一句台词，无不层层浸染出讽刺、矛盾与荒诞，而这一切背后的则是一个沉溺于自大狂与自吹自擂之中的男人。从许多方面来看，这都是精彩绝伦的表演。然而，随着影片的展开，我发现自己并没有被触动，这很奇怪。我起初对此百思不得其解。通常来讲，我喜欢巴里莫尔，也很痴迷于霍华德·霍克斯这一时期执导的其他几部电影，比如《女友礼拜五》和《唯有天使生双翼》。后来，当电影放到差不多一个小时的时候，一个简单的、电光石火般的想法闪过我的脑海。不论是在小说、电影还是戏剧中，许多生动鲜活、十分可信的人物都没能触动我，其中的原因就在于，这些人物并没有与作品中的其他人物通过任何有意义的人际关系相联结。紧接着，下一个想法就跳到了我自己的创作上来：如果我不再关注我的人物，转而关注我的人物关系，那会怎样？

随着列车哐当哐当地一路向西，约翰·巴里莫尔变得越来越歇斯底里，我不禁想起了 E·M·福斯特那著名的二维人物与三维人物区分法。故事中的某个人物，他说过，只有在"令人信服地超出我们的意料"时，才能够变得三维。只有这样，他们才能

"圆满"起来。但是，我此刻不禁思考，如果一个人物是三维的，但他或她所有的人际关系却并非如此，那又会怎样？同样是在那个讲座系列中，福斯特还作了一个幽默形象的比喻：要用一把镊子将小说的情节夹出，就像夹住一条蠕虫那样，举到灯光下仔细审视。我能否也作一次类似的审视，将任何一个故事中纵横交错的人物关系举到灯光下呢？我能否将这一方法应用到我自己的作品中——应用到我已完成的或正在规划的故事中？比如说，我可以审视一对师徒间的关系。这里有没有体现出任何深刻的、新鲜的东西？还是说，我看得愈久，就愈觉得这显然只是一种陈词滥调，已经在几百个平庸的故事中屡见不鲜？再比如说，两个相互较劲的朋友间的关系：它是否是动态的？是否能引发情感共鸣？是否在发展演化？是否令人信服地出人意料？是否三维？我突然觉得，我更好地理解了为什么我过去的作品中有这样那样的失败之处，尽管我也曾拼了命地想要弥补。我眼睛依然盯着约翰·巴里莫尔，脑子里却浮出一个想法：所有的好故事——不管它们的叙述模式是激进还是传统——都必须包含某些对我们有重要意义的关系，某些触动我们、让我们莞尔、让我们愤怒、让我们惊讶的关系。也许，在未来，如果我能够更多地关注我笔下的关系，我的人物就无需我再操心了。

我说出这席话时忽然想到，也许我着力阐述的这一点对你们而言本来就是显而易见的。但我能说的就是，这一发现在我写作生涯中可谓姗姗来迟，而我如今将这视为一个转折点，与我今天向你们讲述的其他关口同样重要。从那时起，我开始以一种截然不同的方法构建小说。比如说，我在创作长篇《莫失莫忘》时，我一开始思考的就是处于故事核心的那组三角关系，然后再是从这组关系发散开去的其他关系。

* * *

作家生涯中的重要转折点就是这样的——也许其他的职业生涯也是如此。它们时常是一些小小的、并不光鲜的时刻。它们是无声的、私密的启示火花。它们并不常见，而当它们到来时，也许没有号角齐鸣，也没有导师和同事的背书。它们时常不得不与另一些更响亮也似乎更急切的要求相竞争。有时，它们所揭示的会与主流观念相悖。但当它们到来时，我们一定要认识到它们的意义。不然的话，它们就会从你的指缝中流失。

我一直在这里强调那些细小的、私密的东西，因为本质上讲，这就是我工作的内容。一个人在一个安静的房间里写作，试图和另一个人建立联结，而那个人也在另一个安静的——也许不那么安静的房间里阅读。小说可以娱乐，有时也可以传授观点或是主张观点。但对我来说，最重要的一点在于，小说可以传递感受；在于它们诉诸的是我们作为人类所共享的东西——超越国界与阻隔的东西。许多庞大光鲜的产业都是围绕小说建立的——图书业、电影业、电视业、戏剧业。但最终，小说是一个人对另一个人的诉说。这就是我对于小说的感受。你们能够理解我的话吗？你们也是如此感受的吗？

* * *

于是，我们来到了当下。最近，我忽然醒悟到，多年来我一直生活在一个虚妄的肥皂泡中。我未能注意到我周围许多人的挫折与焦虑。我意识到，我的世界——一个文明、振奋的地方，满是爱开玩笑、思想开明的人——事实上比我想象的要小得多。二〇一六年，这一年在欧洲与美国发生了许多出人意料——于我而言也是令人沮丧的政治事件，全球发生了多起令人毛骨悚然的恐怖袭击。我从孩提时代起就理所当然地以为，自由主义—人本主义价值观前进的脚步不可阻挡，但二〇一六年的这一切都迫使我承认，也许我的想法只是一个幻觉。

我们这代人是乐观的一代。为什么？因为我们看着我们的长辈将欧洲从一片满是极权国家、种族清洗与史无前例的大屠杀的大陆，变成了一块人人羡慕、自由民主国家在几乎没有边界的友谊中共存的乐土。我们看着旧殖民帝国连同那些支撑它们的可恨观念一道在全世界土崩瓦解。我们看着女权主义、同性恋权利与抗击种族主义的多条战线高奏凯歌，齐头并进。我们在资本主义与共产主义猛烈对抗的背景中长大——一场意识形态的对抗与军事的对抗，最终却看到了我们许多人眼中的大团圆结局。

而此刻，回首往事，推倒柏林墙后的那个年代更像是骄傲自满的年代，错失良机的年代。我们坐视惊人的不平等——财富与机遇的不平等——在国家间与国家内部扩大。而二〇〇三年对伊拉克灾难性的入侵行动以及二〇〇八年那场丑恶的金融危机爆发后强加在普通人民身上的长期紧缩政策——尤其是这两起事件将我们推向了当下这个极右思潮与狭隘民族主义泛滥的局面。种族主义——不论是以其传统形式，还是以其营销更加得力的现代化形式——再次沉渣泛起，在我们文明的街道下蠢蠢欲动，就像一头被掩埋的巨兽正在苏醒。而此刻，我们似乎缺乏任何能将我们团结起来的进步事业。恰恰相反，甚至是在富裕的西方民主国家内，我们也正在分裂成彼此对立的不同阵营，为了争夺资源和权力而斗得天昏地暗。

与此同时，科学、技术与医学的重大突破向人类提出的挑战已经近在眼前了——还是说，已经到了眼前？新基因技术——比如基因编辑技术CRISPR——以及人工智能和机器人技术的进步都将为我们带来惊人的、足以拯救生命的收益，但同时也可能制造出野蛮的、类似种族隔离制度的精英统治社会以及严重的失业问题，甚至连那些眼下的专业精英也不能从中幸免。

就这样，我，一个已年过花甲的男人，揉着双眼，试图在一片迷雾中，辨识出一些轮廓——那是一个直到昨天我才察觉其存在的世界。我，一个倦态已现的作家，来自智力上倦态已现的那一代人，现在还能打起精神，看一看这个陌生的地方吗？我还能拿出什么有所帮助的东西来，在当下社会挣扎适应巨变之际，为即将到来的争论、斗争与战争提供另一个视角，剖出另一些情感层面？

我必须继续前行，尽己所能。因为我依然相信，文学很重要，尤其是在我们渡过眼下这个难关的过程中。但我也期盼年轻一代的作家鼓舞我们，引领我们。这是他们的时代，他们会有我所缺乏的知识与直觉。在书本、电影院、电视与剧院的世界中，今天我看到了敢于冒险、激动人心的人才——四十岁、三十岁、二十岁的男男女女们。因此，我很乐观。我又有什么理由不乐观呢？

但最后，请允许我发起一项呼吁——如果你们愿意的话，就让这成为我作为诺贝尔奖得主的呼吁！要让整个世界走上正轨并不是一件易事，但至少让我们先思考一下该如何安排我们这个小小的角落，这个"文学"角落——在这里，我们阅读书籍，创作书籍，出版书籍，推荐书籍，谴责书籍，给书籍颁奖。如果我们想在这世事难料的未来中发挥重要的作用，如果我们想让今日和明日的作家发挥出最大能力，我相信我们必须更加多元化。我的意思有两层。

首先，我们必须拓展我们一般意义上的文学界，囊括更多的声音，第一世界文化精英的舒适区以外的声音。我们必须更加勉力地搜寻，从迄今为止尚不为人所知的文学文化中发现宝石，不论那些作家是生活在遥远的国度还是生活在我们自己的社群中。其次，我们必须格外小心，不要将"何谓优秀文学"定义得过于狭隘或保守。下一代人定会用各式各样崭新的，有时甚至令人晕头转向的方法来讲述重大的、绝妙的故事。我们必须对他们保持开放的心态，尤其是在涉及体裁与形式的问题上，这样我们才能培养、拔擢他们中的佼佼者。在一个危险的、日益分裂的时代，我们必须倾听。好的创作与好的阅读可以打破壁垒。我们也许还可以发现一种新思想，一个人文主义的伟大愿景，团结在它的旗下。

对于瑞典文学院、诺贝尔基金会，以及瑞典人民——多年来，正是他们让诺贝尔奖成为了我们全人类努力谋求的"善"的一个闪亮象征——我在此呈上我的谢意。

宋佥 译